JN126525

乱愛一刀流
艶殺 三万両伝奇

鳴海 丈

コスミック・時代文庫

この作品は二〇一三年に刊行された「乱愛一刀流」（学研M文庫）を改題し、加筆修正の上、書下ろし一篇を加えたものです。

目次

第一章　天狗小僧の臀《しり》

一

大門一郎太《だいもんいちろうた》の顔の上に、突然、どすんっと何かが降って来た。

「んわァっ⁉」

柔らかくて重くて生温かいもので顔を塞《ふさ》がれて、一郎太は眠りを破られたのである。

四谷の南伊賀町――春の夜更けであった。

「痛《い》ててて……」

顔の上の物体が、人語を発した。してみると、これはどうも人間の臀――それも、声の調子と肉の弾力からして若い女の臀であるらしい。

「どけっ」

一郎太は飛び起きながら、顔の上の女の軀《からだ》を放り出した。そして、口の中に入った木片や埃《ほこり》を、ぺっと吐き出す。

「何をしやがる、この野郎っ」

荷物のように板の間に転がされた女が、片膝立ちになって罵声《ばせい》を浴びせる。藍色《あいいろ》の小袖《こそで》を臀端折《しりつぱしよ》りにして、その下には黒い腹掛けをつけ、黒い川並《かわなみ》を穿《は》いた男装の女だ。胸乳《むなぢ》の膨らみは小さめだ。細身で、年齢は十代後半だろう、女というよりも娘である。

髪は男髷《おとこまげ》に結《ゆ》って、右の眉《まゆ》の上に前髪が一房、落ちていた。卵形の上品な顔立ちをしているのだが、表情に険があり目つきが鋭い。足には草鞋《わらじ》を履いている。

「それは、こっちが言うことだ」

胡坐《あぐら》を搔いた一郎太は、鼻の頭を撫でながら、

「いきなり、人の顔の上に臀を載っけるとは、どういう了見なんだ」

眉をひそめた一郎太は、二十九歳。背が高くて肩幅が広く、胸板が分厚い。剣術修業で鍛え抜いた、石像のように頑健《がんけん》な肉体であった。

月代《さかやき》は伸び放題で、しかも針金のように太く硬い髪の毛が、それぞれ勝手な方向に突き出している。

額は広く、眉が太くて、鼻は肉厚で高い。一応、男前といえる容貌なのだが、大きな口が猛々《たけだけ》しい印象を与えていた。野性的で、過剰なほどの男っぽさである。素肌に直《じか》に着こんだ海松色《みるいろ》の単衣《ひとえ》も横縞《よこしま》の袴《はかま》も、よれよれで色褪《あ》せていた。空っぽの五合徳利や猪口《ちょこ》と一緒に、大刀は脇に置いてあるが、脇差は見当たらない。

「およそ臀というものは、人の軀で最も不潔なところなのだぞ。それを俺の顔の上に乗せるとは、まことに怪《け》しからん」

「不潔たァ何でえ、不潔たァっ」

男装娘が激昂《げっこう》して、立ち上がった。

「はばかりながら、このお千《せん》様は江戸っ娘《こ》でえ。毎日、湯屋で軀の隅々まで、ぴかぴかに磨き上げてるんだ」

後ろ向きになったお千は、黒の川並に両手をかけると、するりと膝まで下ろす。

「ほれ。おいらの臀のどこが不潔だか、言ってみろっ」

男装娘は、川並の下に女下帯《おんなしたおび》を締めてはいなかった。目の前に突き出された剝《む》き出しの臀を、

「ほほう――これは、なかなか」

腕組みした一郎太は、まじまじと覗きこんだ。若さの漲《みなぎ》る白桃のように美しい

臀である。

その時になって、男装娘のお千は、自分があまりにも大胆な真似をしでかしたことに、ようやく気づいたらしい。

「きゃっ」

真っ赤になったお千は、あわてて川並を引き上げると、座りこんで一郎太を睨みつける。

「見るなよ、ド助兵衛《すけべえ》」

「何を言ってるんだ。お前が勝手に見せたんだろうが」

一郎太は、ふと、視線を上に向けて、

「おいおい、天井に穴が空いちまったじゃないか。この大門一郎太が艱難辛苦《かんなんしんく》の果てに、ようやく手に入れた道場だというのに、まったく」

「道場？」

男装娘のお千は驚いて、周囲を見まわす。

「ここって、空き家じゃなかったのか」

武者窓から斜めに差しこむ月光に浮かび上がった室内の光景をよく見ると、たしかに神棚と師範席のある広い板の間で道場の造りになっている。

　ただし、床には歪《ゆが》みがあるし、羽目板には穴が開いているし、武者窓の桟《さん》も折れていた。雨漏りの染みが不規則な斑《まだら》模様を描いている天井の板は、湿気のためか、波を打っている。

　あろうことか、床の隅には雑草すら生えていた。こんなところで剣術の稽古をしたら、足の裏が傷だらけになるか、足指をぶつけて爪を割ってしまうだろう。廃屋《はいおく》と間違われても無理のない、惨憺《さんたん》たる状態であった。

　そして、この男装娘は、隙間《すきま》だらけの天井板を踏み抜いて落下し、一郎太の顔の上に臀餅《しりもち》をついたのである。

「無礼者っ」一郎太が一喝する。

「どんなに古びていようと、ここは、この大門一郎太の城だ。本日、開き立ての大門一刀流道場である。多少の傷みは、門弟が集まったら、その束脩《そくしゅう》で修繕するつもりだ」

「道場ねえ……」

　一郎太に一喝されて、首をすくめた娘は、

「流行《はや》らなくて、ぺんぺん草が生える──というのは聞いたことがあるけど、開いた時から草が生えてる道場ってのは珍しいね。普通、こんな荒《あば》ら屋《や》に住んでいるのは、狐《きつね》か狸《たぬき》くらいだぜ」

それでも、憎まれ口を叩く。

「ほほう。その狐狸《こり》の巣の天井裏にわざわざ忍び入ったお前は、何だ。狢《むじな》か、それとも、ももんがあか」

ここでいう「ももんがあ」とは、「空を飛ぶ得体《えたい》の知れない妖怪」というような意味である。

「馬鹿にするねえっ」

男装娘は左袖を捲《まく》り上げ、白い二の腕を見せた。形のいい足を組んで、胡坐を掻く。

「聞いて驚くなよ。おいらはな、近ごろ世間で評判の天狗小僧様だっ」

「天狗小僧……？」

一郎太は首を傾《かし》げた。

「そういえば、神出鬼没の盗賊が大名屋敷や大身《たいしん》の旗本屋敷を襲っている――と酒屋で聞いたことがあったなあ」

「何だ、わかっててんじゃねえか。へへん」

天狗小僧と名乗った男装娘は、得意そうな顔になる。

「神出鬼没、どんなところへも忍びこむ盗人《ぬすっと》だから、まるで天狗様の隠れ蓑《みの》でも被ってるようだと評判になって、ついた仇名《あだな》が天狗小僧さ。天狗小僧千吉《せんきち》とは、おいらのことでぇ」

今にも見得を切りそうな、天狗小僧であった。

「千吉とは、男の格好の時の名だな。親からもらった名が、お千か。では訊くが、それほど高名な盗賊が、なぜ廃屋の天井裏に忍びこんだ」

「それは……」

お千は目を逸《そ》らせて、言いよどんだ。

その時、一郎太の濃い眉が、ひくりと動いた。少し首を傾げて、耳を澄ませる。

「………お千」

低い声で、一郎太は言った。

「俺の大事な道場の天井を壊した、その償《つぐな》いをしてもらうぞ」

「え……？」

「お前の軀でなっ」

言うが早いか、一郎太はお千の襟《えり》をつかむと、両肩から引き下ろした。着物の袖で拘束されて、男装娘は、両腕の自由を失ってしまう。

「あ、馬鹿っ、よせっ」

藻掻《もが》いて逃げようとするお千を、一郎太は容易《たやす》く組み敷いた。そして、右手で、川並の上から彼女の胯間をつかむ。

「ひっ」

男装娘は、小さな悲鳴を上げた。

「お前、生娘《きむすめ》か。よしよし、夜の明けるまで後ろから前から姦《や》りまくり責めまくって、俺なしでは生きてゆけぬ牝犬《めすいぬ》に仕立て上げてやるからな」

不敵な嗤《わら》いを浮かべて、一郎太は、右手の指で秘処《ひめどころ》を愛撫する。下帯を締めていないから、川並の下は、直《じか》に柔らかな亀裂だ。

「や、やだ……厭《いや》っ、やめろっ」

必死で、お千は抵抗する。だが、一郎太の腕は男装娘の腿《もも》よりも太い。その腕で押さえつけられているのだから、非力な男装娘に逃れる術《すべ》はなかった。

しかも、一郎太の指戯《しぎ》によって、

「……………んぅぅ」

男装娘の声に、微妙な甘さが混じり始めた——その時、

「ええいっ」

必殺の気合とともに、一郎太の背後から刃《やいば》が振り下ろされた。

二

が、その刃に、大門一郎太の後頭部が断ち割られることはなかった。

それよりも早く、一郎太が右足の踵《かかと》で、背後から斬りかかった奴の鳩尾《みぞおち》を蹴っ飛ばしたからだ。

「ぐほっ」

敵は、覆面をした侍である。そいつの軀《からだ》は、馬にでも蹴られたみたいに吹っ飛んで羽目板に激突した。

羽目板が木っ端微塵《こっぱみじん》に砕け飛び、そいつは奥の座敷へと転げこむ。

その時には、一郎太は、大刀をつかんで立ち上がっていた。その顔には、情欲の色は微塵《みじん》もない。

「………？」

お千は、啞然《あぜん》として一郎太を見上げた。

一郎太は、道場の周囲に殺気を放つ者が潜《ひそ》んでいることに気づくと、わざとお千を犯すふりをして隙《すき》を見せ、敵を引き寄せたのである。

その誘いに乗って、一人目の敵が裏の住居の方から入りこみ、一郎太の背後から斬りかかったのだった。

表から三人、裏から二人、これも覆面姿の侍が飛びこんで来る。羽織袴《はおりはかま》の姿だから、こいつらは浪人ではなく、主持《しゅも》ちであろう。

「何だ、何だ、お前らは。ここが、大門一郎太の道場と知っての狼藉《ろうぜき》かっ」

一郎太は、抜刀した侵入者たちを睥睨《へいげい》して、

「顔を隠して他人の城に忍びこみ、問答無用で背後から斬殺しようとする。この盗人《ぬすっと》小僧は言うまでもなく悪党だが、お前たちも胸を張って善人と言えるわけじゃなさそうだな。たかが小僧一人に、侍が六人……よっぽど後ろ暗いわけがありそうだ。どうだ、文句があるなら、堂々と名乗り上げてみろっ」

敢然と言い放った。

「うおおおっ」

蛮声《ばんせい》を張り上げて、表から来た奴の一人が、斬りこんで来た。

「たわけっ」

一郎太は、左手に下げた大刀の鞘《さや》で、その刃を斜め上に払った。さらに、鞘の

鐔《こじり》を相手の喉元へ叩きこむ。

「がっ」

奇妙な呻《うめ》き声とともに、そいつは後ろへ吹っ飛んだ。そこにいた仲間は、胸に抱えこんだ格好になり、二人して床に倒れこむ。

受け止めた奴は、後頭部をしたたかに床に打ちつけたらしく、動かなくなった。

「とぉっ」

斜め後ろの敵が、一郎太に諸手突《もろてづ》きを放つ。

くるりと半回転して、その突きをかわした一郎太は、相手の伸びきった両腕に、大刀の鞘を振り下ろした。

「アァァっ！」

相手は悲鳴を上げて、大刀を落とす。両腕の骨を叩き割られたからだ。

「さっさと立てっ」

今は正対している背後の敵から目を離さずに、一郎太は、天狗小僧を足指で突つく。

「わ、わかってらァっ」

身繕《みづくろ》いをしながら、天狗小僧のお千は立ち上がった。そこへ、

「でいっ」

正対した敵が、袈裟懸《けさが》けに斬りこんで来た。その左脇腹に、一郎太の大刀の鞘が水平に叩きつけられる。

「がはっ」

内臓がひしゃげたらしいそいつは、床に倒れこんで苦悶した。

「行くぞっ」

そう言って、一郎太は、最後に残った敵に向かって突進した。

「わ、わわわっ」

そいつは、恐怖にかられて、出鱈目《でたらめ》に大刀を振りまわす。

一郎太が大刀の鞘で、その侍の手を打った。柄を握っていた両手の指が潰れる。骨も砕けただろう。

「ひいィ………っ」

老婆《ろうば》のような悲鳴を上げて、そいつは、床に両膝を突く。

入口の三和土《たたき》に置いてあった草履《ぞうり》を引っかけて、一郎太は、外の通りへ飛び出した。

道場の両側は空地で、その向こうには商家が並んでいた。深夜だから、通りに人の姿はない。

「……」

大刀を腰に一本差しにした一郎太は、南の方から駆けつけて来る複数の足音を聞いた。

「まずい、援軍が来やがる。こっちだっ」

天狗小僧の腕をつかんで、一郎太は反対方向へ走り出す。

十一代将軍・家斉《いえなり》の治世——寛政四年、陰暦三月三日の深夜のことであった。

三

「——さて」

四谷坂町の路地の奥に身を潜《ひそ》めて、大門一郎太は、天狗小僧のお千の襟《えり》をつかんだ。

「あの六人は、お前を追って来たんだろう。お前は、奴らから逃れるために、廃屋《はいおく》だと思った俺の道場の天井裏に隠れた。で、その理由は何だ。さあ、吐けっ」

「おじさん……強いんだねえ」

媚《こ》びるような笑みを浮かべて、お千は言った。

「みんな、斬っちまえばよかったのに」

「馬鹿たれっ」

一郎太は左の平手で、ぴしゃりと男装娘の頭をはたいた。

「小娘のくせに、人の命を何だと思ってやがる。相手の素性《すじよう》も事情もわからないのに、軽々しく人が斬れるか」

「痛《いて》えなあ……」

お千は顔をしかめる。

「知ってるか。耳朶《みみたぶ》をねじ切られると、もっと痛いぞ」

「わ、わかったよ。話すから、乱暴はやめてくれよ」

男装娘は首をすくめた。一郎太は、彼女の襟をつかんだままで、

「包み隠さず正直に話せば、な」

「おいら、今夜、でっかい大名屋敷へ忍びこんだのさ――」

お千の説明によれば――奥御殿に入りこむと、行灯《あんどん》をともした座敷に、豪華に飾りつけられた雛壇《ひなだん》があった。お雛様は、二月の末日か三月一日に飾って、四日に片付けるのだ。

雛壇の脇の台には、一刀彫りの立雛が一組、飾られていた。かなり古い男雛《お》と女雛《め》である。

お千は、その女雛を手にとっていた。近年の美麗なものと違って、素朴だが優しい顔立ちの女雛に見とれていると、そこに運悪く、宿直《とのい》の腰元たちがやって来た。

お千は女雛を台に戻そうとして、さっと動いた拍子に、その台を蹴っ飛ばしてしまったのである。一刀彫りの男雛が音を立てて、台から転げ落ちた。

「曲者《くせもの》っ！」

たちまち大騒ぎになり、反射的に女雛を懐《ふところ》にねじこんだお千は、屋敷内を逃げまわった。そして、ようやく、松の大木の枝づたいに、塀《へい》の外へ逃れたのである。

しかし、その屋敷の家来たちが血相を変えて、お千を追って来た。男装娘が、あちこちを逃げまわった挙げ句、進退窮《きわ》まって立ち腐れと見えた大門流道場の天井裏に忍びこんだのは、一郎太の推測通りであった……。

「――でっかい大名の中屋敷？」

一郎太は首を捻《ひね》る。

「四谷の近くで大のつく大名屋敷というと……こらっ」

天狗小僧の襟を締め上げて、一郎太は言った。

「まさか、御三家の紀州藩か尾張藩じゃあるまいなっ」

「へ、へへ……ご名答。おいら、紀州様の中屋敷に忍びこんだのさ」

お千は、照れたような笑みを浮かべた。

江戸城の外濠に面した赤坂、鮫ヶ橋坂《さめがばしざか》と紀伊国坂《きのくにざか》に挟まれた土地が、紀州徳川家五十五万五千石の中屋敷である。敷地は約十三万五千坪、内部には深山幽谷《しんざんゆうこく》に迷いこんだかと思われるほどの広大な〈西園《さいえん》〉という庭園がある。

紀州徳川家に、尾州徳川家六十一万九千五百石と水戸徳川家三十五万石を合わせて、徳川御三家という。

徳川御三家は、徳川宗家の分家であり、宗家《そうけ》に後継ができなかった場合、御三家から次期将軍を選ぶことになっている。

幼将軍の家継《いえつぐ》には嫡子がなかったため、吉宗が紀州徳川家から出て、八代将軍の座に就いた。

吉宗は、長男の家重《いえしげ》を九代将軍にして、次男の宗武《むねたけ》に田安家を、四男の宗尹《むねただ》に一橋家を立てさせた。

さらに、九代将軍の家重は次男の重好《しげよし》に清水徳川家を立てさせて、ここに領知十万石の田安・一橋・清水の御三卿が揃ったのである。

そして、現将軍の家斎は、一橋家の出身であった。

御三卿の創設により、徳川一族における御三家の重要性はかなり減少したが、それでも、紀州徳川家の名は大々名として天下に鳴り響いている。

この天狗小僧千吉ことお千は、その紀州藩中屋敷に忍びこんで奥御殿から女雛を盗み出したというのだから、大それたことをしでかしたものだ。

「すると、俺は、紀州藩の家来どもを叩きのめしちまったのか」

男装娘の襟から手を放して、一郎太は、額に片手をあてた。

「あいつらを斬らなかっただけ、ましだが……俺みたいな浪人風情《ふぜい》にやられたとなると、面子《めんつ》を潰されたと思って、しつこく、つけ狙うかもしれん。もう、道場へ戻るのは難しいな」

一郎太は、深々と溜息《ためいき》をつく。

「念願の一国一城の主《あるじ》だったのも、わずか一日……邯鄲《かんたん》の夢と消えたか」

「え？　一日？」

男装娘は、きょとんとした。

「そうだ。勝負……博奕《ばくち》みたいなものだが、それで前の道場主から巻き上げたんだよ。明日から修繕に取りかかろうと、今夜のところは祝い酒で酔って眠りこんでいたら、この様《ざま》だ」

「艱難辛苦の果て――とか大袈裟なことを言うから、どんな苦労をして来たのかと思ったら、博奕で取り上げたのかよ。道理で、看板も出てないと思った。心配して、損しちゃったぜ」

けろりとした顔で言う、天狗小僧のお千だ。

「ところで、その女雛はどうした。懐には入れてなかったようだが」

「うん……逃げてる途中で、隠した」

「隠したって、どこへ」

「おじさん、おいらの獲物を横取りする気かいっ」

お千は途端に、美しい獣《けもの》のように目じりを吊り上げる。

「馬鹿。誰が盗人《ぬすっと》の上前なんかはねるものか。そいつを紀州藩に戻しちまえば、この騒動は鎮まるだろうが」

「やだよ。一旦、盗み出した獲物を持ち主へ返すなんて、盗人の沽券《こけん》に関わるもん」

「命より盗人の沽券が大事か、勝手にしろ」

舌打ちした一郎太だが、ふと、眉根《まゆね》に縦皺《たてじわ》を寄せて、

「それにしても、妙だな。盗人に忍びこまれたのは大名家として名誉なことではないが、それを追う藩士たちが皆、覆面までしているというのは、それに、いきなり俺を斬り殺そうとしたのも、不可解だ」

考えこんでいるうちに、一郎太は、ある可能性に気づいた。

「その女雛……ひょっとして、将軍家の拝領物とかじゃあるまいな」

徳川将軍が、何かの記念や功績に対する褒美として、大名や旗本に刀や什器《じゅうき》などを下賜《かし》することはよくある。もらった大名や旗本は、これを拝領物として大事に保管しなければならない。

数年に一度、大名屋敷には大目付《おおめつけ》が、旗本屋敷へは目付が出向いて、拝領物の確認をする。もしも、この時、拝領物が壊れていたり、紛失していたら、最悪の場合、その家は取り潰しになってしまうのだ。

もしも、拝領物を盗賊に盗まれてしまったら、必ず取り返すことは勿論《もちろん》として、盗んだ賊の口封じも考えるだろう。拝領物に下賤な盗賊の手が触れたというだけでも、大問題になるからだ。

あの襲撃者が紀州藩士だとすると、とりあえず一郎太を抹殺してから、お千を

捕らえて女雛を取り戻すつもりだったのではないか。無論、女雛を無事に取り戻したら、お千も斬るつもりだったであろう。

「拝領物か……じゃあ、あの女雛は高く売れるね」

男装娘は、にっと笑う。

「話にならんっ」

そのお千を睨みつけてから、一郎太は通りの方へ歩き出した。

「おじさん、どこへ行くのさっ」

「今夜の塒《ねぐら》に心当たりがあるんだ。野宿じゃ、かなわんからな」

一郎太は、背中で答えた。

「じゃあ、おいらも一緒にそこへ泊めてもらうよ。危なくて、家へ帰れそうにもないから」

「来るな、疫病神《やくびょうがみ》っ」

肩越しに振り向いて、一郎太は吐き捨てるように言う。

「お前の巻き添えで、俺は宿無しになったんだぞ」

「それは悪かったと思ってるけどさあ。おじさんは、おいらの初めての男なんだから、それなりに責任を取ってもらわないと」

「何？　初めての男？」一郎太は呆《あき》れた。「ふざけるな。俺は敵を油断させるために、お前を抱く真似をしただけだろうが」

「ふざけたこと言ってるのは、そっちだ。おいらの大事なところを、触ったじゃないか」

お千は、またもや目の端を吊り上げた。一郎太が川並《かわなみ》の上から秘処《ひめどころ》を愛撫したことを言っているのだろう。

「おいら、正真正銘の生娘《きむすめ》だからね。十八年も生きて来て、あそこを触られたの、生まれて初めてだもん。だから、おじさんは、おいらの初めての男じゃないか。お臀《しり》まで見られたんだから、もう、他人じゃないだろ」

「臀は勝手にそっちが見せたような覚えがあるが……渡世名《ふたつな》まである盗人のくせに、意外と可愛らしいことを言うな、お前」

一郎太は毒気を抜かれて、怒る気力も喪失してしまった。右手の指に、布越しに触れた柔らかな肉丘の感触が甦《よみがえ》る。

（まあ、ふにふにとして触り心地がよかったのは、たしかだが……）

お千には見せられないが、思わず口元が緩んでしまう一郎太であった。

四

通りへ出ると、一郎太は、江戸城を囲む濠端の方へ向かって歩いた。天狗小僧のお千は、彼の斜め後ろをついて来る。

「おい。言っておくが、俺が当てにしてる塒《ねぐら》には、お前は泊まれないぞ」

「どうしてさ」

「それは、塒を見ればわかる」

素っ気なく答えると、一郎太は大股で歩く。その広い肩を眺めながら、お千が、

「おじさん。そんなに強いのに、紀州様が怖いのかい」

「怖いさ」と一郎太。

「さっきの奴らは鞘《さや》打ちで済ませたが、本当に強い奴に追いつめられたら、俺は相手を斬る羽目になる。それが怖いんだ」

「敵を斬るのが怖いの？　侍のくせに」

「人を斬ると、物凄く後味が悪いんだよ。もう、黙ってろっ」

「……………」

左側は武家屋敷の塀《へい》、右側は四谷塩町で商家が並んでいる。しばらくの間、二人は無言で歩いた。

無論、一郎太は、紀州藩士たちの尾行や待ち伏せがないか、神経を配っている。外濠沿いの広い通りに出ると、一郎太は河原へ下りた。仕方なく、お千もついて来る。

河原の南の方に、四谷門が黒々と蹲《うずくま》っていた。四谷門の内側には、紀州藩と尾張藩の上屋敷がある。

生い茂る草叢《くさむら》の中に、その小屋はあった。骨組みに筵《むしろ》を掛けただけの、簡単な造りの小屋である。中で、蠟燭《ろうそく》の火が揺らめいていた。

「え、ここは……」

お千は、啞然《あぜん》とする。

これは夜鷹《よたか》の小屋なのだ。

徳川幕府は吉原遊廓と品川・千住・内藤新宿・板橋の四宿に限って、遊女を置くことを許していた。

それ以外のところで軀《からだ》を売る女は、非合法の私娼《ししょう》ということになる。

江戸には、岡場所の妓《おんな》、提重《さげじゅう》、歌比丘尼《うたびくに》、舟饅頭《ふなまんじゅう》など様々な私娼がいたが、その中で最下級といえるのが、夜鷹である。現代でいうところの〈立ちんぼ〉に近い。

　路上で客の袖《そで》をひく夜鷹の営業形態は、二種類ある。

　ひとつは、丸めた茣蓙《ござ》を小脇に抱えていて、商談がまとまると、夜空の下の草叢に茣蓙を広げて、そこで客と交わるもの。

　もうひとつは、仮組の小屋の中に客を入れるものだ。小屋は、昼間の間は分解しておく。

　あくまで夜だけ、お上《かみ》の目を盗んで商売しているという慎ましい姿勢が大事なのである。

「いるかい、お松さん」

　小屋に向かって、一郎太が声をかけると、

「あら、大門の旦那っ」

　ぱっと筵が跳ね上げられて、黒木綿《くろもめん》の着物を着た女が顔を出した。年齢は二十七、八だろう。蕩《とろ》けるような眼差《まなざ》しで、一郎太の腕に触れて、

「お久しぶり、よく来てくれたわねえ、今夜はお茶をひいてたの。不景気だし、御老中様のおかげで取り締まりは厳しいし、まったく、あたしらみたいに弱い者

は踏んだり蹴ったりだよ」

十代将軍家治《いえはる》が死去して、家斉が十一代将軍の座に就くと、それまで老中筆頭だった田沼主殿頭意次《とのものかみおきつぐ》は失脚した。代わって、幕政を握ったのが、意次の政敵だった松平越中守定信である。

老中筆頭となった松平定信は、商業を重視した田沼の経済政策を否定し、農本主義による幕府財政の健全化を唱えて〈寛政の改革〉を断行した。

江戸へ流入した農民たちを強制的に帰農させ、風俗や出版を厳しく取り締まった。

その結果、江戸の街は灯《ひ》が消えたように活気がなくなり、庶民の生活は苦しくなった。最初は松平定信を歓迎していた庶民たちも、今では、蚰蜒《げじげじ》のように嫌っている有様であった。

「さあ、旦那。入って」

「いや、それが、その……」

「馬鹿だね、この人は。お馴染みさんなんだから、お金の心配なんかしなくていいのよ」

お松は笑って、袂《たもと》で打つ真似をした。

「そうじゃない。いや、そうなんだが……」

有り金をはたいて祝い酒の五合を買ったので、今の一郎太が金を持っていないことは紛《まぎ》れもない事実である。

「実は、連れがいるんだ」

「え?」

男の後ろにいるお千の姿を見て、お松は、怒気《どき》を露《あら》わにした。

「どういうつもりさ、旦那。女連れで、夜鷹のところへ遊びに来るなんて」

「そう尖った声を出すな」

あわてて、一郎太はお松を宥《なだ》めて、とにかく、小屋の中へ入れてもらった。入口の筵を下ろして、外から見られないようにする。

床は簀《す》の子《こ》を並べて筵を敷いたものだが、二畳ほどしかない。男一人と女二人で、室内は、いっぱいになってしまう。

「――なるほどね。それで、わかったわ」

一郎太の説明を聞いて、ようやく、お松は怒りを鎮めた。ちらっとお千の顔を見てから、

「さっき、変な侍たちが来てさあ。小柄な職人体《てい》の客をとらなかったかって、訊

かれたの。しかも、二度も訊きに来たのよ。別々の侍だったけど」

紀州藩はかなりの人数を割《さ》いて、天狗小僧の行方を追っているらしい。さらに今では、天狗小僧のみならず、大門一郎太をも捜しているだろう。

「そうか……灯台もと暗しで、敵地に近い方が、かえって安全と思ったんだが。紀州の奴らが二度も捜しに来たとなると、また来るかもしれんな」

一郎太は立ち上がった。

「お前に迷惑はかけられん。ほとぼりが冷めたら、また遊びに来るよ」

そう言って小屋を出ようとする一郎太の袖を、お松がつかむ。

「待ってよ、旦那。夜が明けて人通りが多くなったら、紀州藩の奴らも無茶はできないだろうけど、それまでは岡場所も船宿も危ないわ。どこか、行くあてがあるの？」

「ない。ないが、何とかなるだろう」

「やっぱり……」

お松は、お千の方を見て、

「ちょいと女男《おんなおとこ》の兄さん。あたしゃ、この旦那と大事な話があるから、席を外してくださいな」

席を外すも何も、二畳しかない空間なのだから、そう言われたら出て行くしかない。お千は、むっとした表情で外へ出た。

するとは、お松は、一郎太の前に跪《ひざまず》いた。袴《はかま》の前を開いて、下帯の中から彼の肉根をつかみ出す。

通常、男が袴を穿《は》いたままで小用を足そうとすると、片方の裾《すそ》を根元までたくし上げるか、袴を膝まで下ろすしかない。これでは不便だし、不格好だし、何よりも身の危険への対処も遅れてしまう。

それで、袴の股間にスリットを入れる〈無双窓《むそうまど》〉という作りが工夫された。それが爆発的に全国に広がり、一郎太の袴にも無双窓がついているのだ。

「おいおい……そんなことをしてる場合じゃないだろう」

「精が溜まってたら腰の動きが鈍って、襲われた時に危ないでしょ。すっきりさせてあげる」

艶然《えんぜん》と微笑《ほほえ》んだお松は、柔らかくて項《うな》だれている肉根を、舐め始めた。

休止状態であるにもかかわらず、大門一郎太のそれは、普通の男性の屹立《きつりつ》したものと同じくらいの大きさであった。しかも、淫水《いんすい》焼けしているのか、どす黒い。

「男のにおいがする。本当の男のにおいが……」

お松は、両手で肉根を捧げ持つようにして、丁寧に唇と舌を使った。さすがに玄人《くろうと》だけあって、巧みだ。

「お松、大事な話の方はどうなった」

「旦那の熱いのを飲ませてくれたら、話しますから……お願い」

そう言って、お松は肉根の先端を咥《くわ》えた。根元まで呑みこんで、頭を前後に動かす。

一郎太は、島田髷《まげ》に結《ゆ》った彼女の後頭部に手を添えて、その吸茎《きゆうけい》の奉仕を味わった。

男の触覚と視覚だけではなく聴覚も刺激するために、お松はわざと、ちゅぷっ、ちゃぷっ……と淫《みだ》らな音を立てる。

筵の隙間《すきま》からお千が覗いているが、一郎太は、知らぬふりをする。お松も、男装娘が盗み見していることに、気づいているはずだ。

やがて、一郎太の肉根はその偉容を露わにした。

長く、太く、反りを打っている。巨根である。玉冠《ぎよくかん》が発達して、周縁部とくびれとの落差が大きい。

女殺しの凶器であった。お松の唾液に濡れて、黒光りしている。

荒縄を貼り付けたように太い血管の浮かび上がった茎部を、お松は両手で扱《しご》いていた。そして、口を外すと、玉冠の下のくびれを舌先で抉るようにして舐める。

「ああ……何て立派な魔羅なのかしら……」

魔羅――MARAは、男根の俗称である。〈麻良〉とも表記する。

普通は、珍々――CHINCHINと呼んだ。子供の場合は、珍宝子――CHINPOKOという。

他にも、大蛇――OROCHI、帆柱――HOBASHIRA、玉茎――GYOKUKEI、陽物――YOUMOTSUなどという呼び方がある。上流階級では、御破勢――OHASEと呼んだ。

女性器は、秘女子――HIMEKOと呼ぶ。

これ以外にも、御満子――OMANKO、愛女処――MEMEJYO、玉門――GYOKUMON、火戸――HOTOなどという呼称があった。御秘女――OHIME、姫貝――HIMEGAIというのは、上品な呼び方である。

「しかも、石みたいに硬くて……」

執拗《しつよう》にくびれを刺激してから、お松は再び、先端を咥えた。両手の動きを加速する。

ついに、一郎太は放った。白濁した灼熱の溶岩流を、お松の喉の奥に叩きこむ。

夜鷹のお松は、その大量の聖液を喉を鳴らして嚥下《えんげ》した。さらに、ちゅうちゅうと巨根の内部に残留していた聖液まで吸い出す。

そして、いそいそと下帯の中に、柔らかくなった肉根をしまいこんだ。

「聞いて、旦那」

立ち上がったお松は、言った。

「こういう時は、隠《かく》し屋《や》の土竜《もぐら》の親方に頼るのよ――」

第二章　闇の中の秘部

一

「──お千《せん》」

大門一郎太《だいもんいちろうた》は、天狗小僧のお千の肩に手をかけると、低い声で囁《ささや》いた。

そこは、四谷御門から西へ延びる四谷大道である。この先には大木戸があり、その先が内藤新宿で青梅街道へと繫がっていた。

「次の角を曲がったら、俺は消えるが、お前はそのまま歩いて行くんだ。俺がよしと言うまで、決して後ろを振り向くな。いいな」

それだけ言うと、一郎太は返事も聞かずに、ぽんと男装娘の背中を押した。

「……………？」

不審げな顔をしながらも、お千は言われたとおりに、四谷伝馬町《てんまちょう》二丁目の角を左へ曲がった。

一郎太も続いて曲がったが、すぐに商家の軒下《のきした》にしゃがみこむ。そこは、三日月の光が濃厚な闇を作っていて、一郎太の姿はまったく見えなくなった。

ややあって、二人の侍が、その角を急ぎ足で曲がって来た。半町――五十数メートルほど先を、お千が一人で歩いて行く後ろ姿を見て、

「おい、一人だぞっ」

「浪人の方は、どこへ行ったのだ」

二人は、押し殺した声で話し合う。その瞬間、軒下の闇の中から一郎太が飛び出した。

「ここだっ」

一郎太は、右の掌《てのひら》で相手の顎《あご》を突き上げた。掌底《しょうてい》をくらったそいつは、後頭部から地面に倒れこむ。

その時には、一郎太は左の肘《ひじ》を、もう一人の鳩尾《みぞおち》に叩きこんでいた。

「ぐふっ」

息の詰まったそいつは、前のめりに倒れる。

その軀《からだ》を飛び越えて、一郎太は走り出した。

「よし、こっちだっ」

歩いていたお千の腕をとると、一郎太は右の路地へ飛びこむ。

「尾行《つけ》られてたのかよっ」

走りながら、お千が訊いた。

「そうだ。まあ、尾行がつくように、わざと四谷大道を目立つように歩いたんだがな」

にやり、と一郎太が笑う。

紀州藩では、四谷周辺の要所要所に、見張りを立てていたのだろう。その中の二人が、一郎太とお千を見つけて、尾行して来たのだった。

「手加減しておいたから、あの二人は、すぐに仲間に連絡するはずだ。これで、あいつらは、内藤新宿方面から大道の南側を中心に探索するはずだ。それが、こっちの付け目だ」

「じゃあ、おいらたちは？」

「逆方向の市ヶ谷へ行くのさ」

二

市ヶ谷門の前にある市ヶ谷亀岡八幡宮は、太田道灌《どうかん》が江戸城の西を鎮護するために、鎌倉の鶴岡《つるがおか》八幡宮を勧請したものである。

江戸八所八幡のひとつだ。その境内には時の鐘があり、稲嶺山《とうれいざん》東円寺としても知られている。

門前には、小さな橋が架けられた堀割があり、堀割に沿って掛け茶屋が並んでいた。今は深夜だから、どの掛け茶屋も葦簀《よしず》で入口を閉じている。

路地から路地へと通り抜けながら、そこへ辿り着いた一郎太とお千は、橋の北側の掛け茶屋の前に立った。周囲を見まわしてから、一郎太が小声で、

「夜鷹のお松に聞いて来たんだが――」

すると、茶屋の中から声がした。

「入りな」

葦簀をめくって、一郎太は中へ入った。お千も、それに続く。

中に明かりはないが、屋根代わりに敷いた筵《むしろ》の隙間《すきま》から数条の月光が洩れてい

た。その月光に助けられて闇に目を馴らすと、並べた縁台で五畳ほどの桟敷《さじき》が作られているのがわかった。

その仮の桟敷に、仙人のように顎髭《あごひげ》を伸ばした中年の男が胡坐《あぐら》を掻いていた。着ているものは、色も柄もわからないほど古びて乾いた海草みたいな襤褸《ぼろ》である。

「あんたが、隠《かく》し屋《や》の土竜の親方かね」

「――人に名前を訊く時は、自分から先に名乗れと親に教えられなかったのか」

不機嫌な声で、仙人髭の男は言った。

「こいつは一本、とられた」

一郎太は苦笑する。

「俺は大門一刀流の開祖、大門一郎太だ。ほんの半刻《はんとき》ほど前までは、南伊賀町に道場を持っていたが、今はよんどころない事情で、さる大藩の奴らに追われている。朝までゆっくり寝られる場所を、親方が世話してくれるとお松に言われたんだがな」

「お侍ってのは主持《しゅも》ちでも浪人でも、二本差なんじゃねえのか」

「これのことか。よくぞ、訊いてくれた」

左腰に大刀だけしか差していない一郎太は、その柄頭《つかがしら》を手で叩いて、

「そもそも、なにゆえに、もののふは二本差になったか。それは、大刀を折られたり取り落としたりした時の用心に、脇差を帯びているのである。それゆえ、脇差は差添《さしぞえ》ともいうわけだ。だがしかし、『刀は武士の魂』といいながら、その魂がなくなった時のことを考えて予備の得物《えもの》を用意しておくという根性が、間違っているのではないか。魂を失ったら、人は死ぬだけではないか、真のもののふならば、一振《ひとふり》の大刀に己《おの》れのすべてを託して、決死の覚悟で闘うべきである。斯様《かよう》な信念に基づいて興《おこ》したのが我が大門一刀流であり、しかして、その真髄《しんずい》は……」

「もう、いいいっ」

夜が明けるまで得々として語りそうな一郎太を、男は制止した。

「つまり、好きで一本差にしてるってわけだな。おめえさんの脇差が、どっかの商人の胸にでも突き刺さってなけりゃ、それでいいんだ。俺は、人殺しと付火《つけび》をやった奴だけは助けねえことにしてるんでな」

「それなら大丈夫。八人ばかり叩きのめしたが、命までは奪っておらん」

「よし、信用しとこう」

土竜の親方は、右の掌《てのひら》を差し出した。

「一人、百文《もん》。二人だから、二百文だ」

「うむ……」

一郎太は、肘《ひじ》でお千を突つく。

「え、おいらが出すのかよ」

「誰のせいで、追われる身になったと思ってる。それに、自慢じゃないが、俺は逆立ちしても鼻血も出ないんだ」

「ちぇっ、本当に自慢にならねえや」

男装娘は、腹掛けの前隠しに手を入れると、二百文を取り出して一郎太に渡した。一郎太は、それを土竜の親方の掌に落とす。

「じゃあ、これを」

親方は、木札を一郎太に渡した。その木札には、〈き〉という文字が彫られている。裏を返すと、〈丸に土〉の印が彫られていた。

「なるべく近い方がいいだろう。ここから三町ばかり先にある教蔵寺《きょうぞうじ》は知ってるか」

「ああ、愛嬌稲荷《あいきょう》がある寺だろう」

天狗小僧のお千が言った。

市ヶ谷田町下二丁目にある教蔵寺は、東円寺の末寺である。その境内にある愛嬌稲荷は、〈おたつ稲荷〉とも呼ばれていた。

慶長年間に、おたつという器量のよくない娘が、この稲荷にお参りしたおかげで、良縁を得て子孫も栄えた――というのが、その名称の云《い》われである。

「知ってるならいい。その教蔵寺の本堂の床下へ、もぐりこみな。そこで、朝まで眠るがいい。木札は縁の下に置きっぱなしにしといてくれりゃあ、後で俺の手下が取りに行く」

「おいおい。二百文もとっておいて、野良犬のように縁の下で寝ろというのか。そんなことなら、金なんか要らんじゃないかっ」

一郎太が憤慨すると、

「待ちなよ、おじさん」

お千が、彼の袖を引いて止めた。

「おいらも、安全な隠れ家を提供してくれる隠し屋がいるって、噂で聞いたことがある。名前までは知らなかったけど」

「当たり前だ」と親方は言う。

「俺は悪党どものために、こんなことをしてるわけじゃねえ。夜鷹《よたか》や物乞いや大道芸人、そんな世の中のどん底で生きてる奴らが、本当に追いつめられた時のために、隠し屋を始めたんだ。本当なら、盗人《ぬすっと》なんぞ助けねえんだが……」

「おいらが盗人だなんて、よくわかったね」

「身のこなしを見てりゃ、わかる。おめえが川並《かわなみ》の下に何もつけてないことも、な」

どうやら、この土竜の親方は、暗闇でも昼間と同様に見えるらしい。

「そんなこと、どうだっていいだろっ」

あわてて、お千は両手で前を隠した。

「おめえは、おまけだ。そっちの浪人さんが、お松姐御《あねご》の名前を出したから、助けてやるんだぜ」

「そうか。親方は、お松の口利きだから俺を助けてくれるのか。だったら、お松を信じている俺は、親方の言うことも信じるべきだな。わかった、教蔵寺の縁の下へ行ってみよう」

一郎太はうなずいた。

「あの百戦錬磨のお松姐御が、女連れの男を助けてやるなんてなあ……よっぽど惚れられたね、浪人さん」

土竜の親方は、ひっそりと笑ったようである。

「うむ。俺は、受けた恩は忘れぬ男のつもりだ」

「納得できたなら、行きな。俺《おら》ァ眠いんだ」

そう言って、親方は一郎太たちに背を向けて、ごろりと横になった。

「では、御免」

軽く会釈をして、一郎太が掛け茶屋から出ようとすると、

「――浪人さん」

背中を向けたままで、親方が言った。

「あんたの顔には、剣難《けんなん》と女難《じょ》の相が出てるよ」

「それなら、とっくに知ってる」

笑みを浮かべて、一郎太は、お千を連れて掛け茶屋を出て行った。

「もうひとつ……」

一人になった親方は、首を捻《ひね》りながら呟《つぶや》く。

「あんな貧乏浪人に財主《ざいしゅ》の相が出ているのが、不思議だなあ。とても、金持ちになりそうもない奴だが……」

三

「ん？　あそこに何かあるぞ」

蠟燭《ろうそく》をかざした一郎太は、目を凝らして闇の奥を見た。

そこは、教蔵寺の本堂の縁の下である。お千が持っていた小さな蠟燭の火を頼りに、一郎太は、縁の下へもぐりこんだのであった。

本堂の中央あたりに、地面から黒い板のようものが立っているのが見えた。

近づいてみると、それは、長方形の囲いである。三畳ほどの広さの地面を、黒塗りの一尺半の高さの板で囲んでいるのだ。

「ここが、引戸になっているようだ」

引戸を開くと、中は一尺ほど低くなり、底に茣蓙《ござ》が敷かれていた。片隅には、丸めた筵《むしろ》が置いてある。

「こいつは驚いたな、立派な隠れ家だ」

一郎太とお千は、その三畳間に入りこんだ。

茣蓙をめくって見ると、その下は簀《す》の子《こ》である。簀の子の下には、砂利が敷きつめられていた。そのまた下は、板敷のようだ。

つまり、この隠れ家は、地面を二尺ほど掘り下げて、底に板を敷き、その上に風を通して湿気を抜くために砂利を重ねて、さらに上に簀の子を置いたものである。

掘り下げた四方の土壁には板で囲いがしてあるので、崩れては来ない。その板は地面から一尺半の高さまで伸びているから、隠れ家の中に寒風が吹きこむのを防いでいる。

しかも、その板囲いの外側は黒く塗られているから、誰かが縁の下を覗きこんだとしても、容易には見つからないだろう。この広さならば、大人が四人までは隠れられそうだ。

「ここなら、真冬でも凍《こご》え死にだけは免《まぬが》れそうだな。なるほど、土竜の親方とは、よく言ったもんだ」

親方の口ぶりでは、このような隠れ家を江戸中に幾つも持っているらしい。最下層の貧民による、互助組織のようなものがあるのだろう。

「江戸には、まだまだ、俺の知らないことがあるんだな」

「よく、こんな手間のかかったものを、寺の人間に知られないように作ったもんだね。掘り出した土を捨てるのだって、大変だったろうに」

お千も、しきりに感心する。

「それだけ、あの親方には腕利きの手下が多いんだろうよ」

そう言ってから、一郎太は大刀を脇に置いて、筵に手を伸ばした。

「さあ、もう寝るぞ。さすがの俺も、いささか疲れた」

仰向《あおむ》けになると、夜具の代わりに筵をかける。その筵は一枚しかない。

「……………」

蠟燭の火を吹き消したお千は、その筵の中へもぐりこんだ。一郎太に背を向けて、左肩を下に横になる。

星明かりすらない縁の下は、真の闇だ。

「変なことしたら、承知しないからね」

闇の中で、お千が上ずったような声で言う。

「ほう……変なこととは、どんなことだ」

「さっきみたいなことに、決まってるだろっ」

「わかった、わかった。お前に何もしないと約束しよう」

そう言って、一郎太は黙りこんだ。

「……寝たのかい、おじさん」

しばらくしてから、お千が訊く。

「寝てたよ。お前も、さっさと寝ろ」

「女は……初めての時、凄く痛いんだろ」

一郎太の言葉を無視して、お千は大胆な質問をした。

「そうだな。相手にも、よりけりだろうが」

「上手な男にしてもらったら、あんまり痛くないって本当かい」

「そうかもな……」

一郎太は、欠伸《あくび》をする。

「おじさんは……上手？」

お千が、おずおずと訊いた。

闇の中で、一郎太が深々と溜息《ためいき》をつく。それから、左へ寝返りをうつと、お千を背後からかかえこむ格好になった。お千は動かない。

「あのなあ。お前は、変なことをするなと言うのか、して欲しいのか、どっちなんだ」

「ど…どっちが本心なのか、おいらにも、わかんないんだよっ」

お千が、泣きそうな声で言う。

「ふうむ……つくづく、困った奴だな」

一郎太は、お千の細い首筋に唇を押しつけた。お千は、びくっと軀《からだ》を震わせたが、逃げはしなかった。一郎太は、男装娘の体温がかっと上昇するのを感じた。

その首筋から唇を這《は》わせて、顎《あご》から右頰へと撫でる。男装娘が首をねじって、自然と顔が男の方を向いた。一郎太は、お千の唇に己《おの》れのそれを重ねる。肩越しのくちづけだ。

舌先を、相手の口中に差し入れる。お千は、おそるおそるという感じで、舌を絡めて来た。

二人は、互いの舌を吸い合う。

「ん……んんぅ………」

その濃厚な接吻《せっぷん》によって、お千の軀の緊張がほぐれて来た。

一郎太は口を外すと、右手を伸ばして、男装娘の下腹部に触れる。川並《かわなみ》の上から撫でまわすと、胯間の合わせ目から内部に指を侵入させた。

「ああ……」

秘部に直《じか》に触れられたので、お千は、熱っぽく呻《うめ》いた。

男装娘の秘部は、無毛であった。亀裂の内部に、一対の花弁が慎ましく収納されている。

その薄い花弁の縁《ふち》を、男の太い中指が撫で上げる。指の腹で何度も下から上へ撫で上げているうちに、その亀裂の奥の女門から熱い秘蜜が湧き出して来た。

そこで一郎太は、川並の合わせ目から指を抜いた。そして、黒の川並を膝まで引き下げる。お千は腰を浮かせて、その作業に協力した。

これで、男装娘は下腹部が剝《む》き出しになったわけだ。

再び、一郎太の右手はお千の秘部に伸びた。右の掌《てのひら》全体で秘部を包みこむようにして、中指で亀裂をまさぐる。

お千は右膝を立てるようにして、男の手が動きやすいようにした。

亀裂の下端から背後の排泄孔《はいせつこう》までの間を、蟻《あり》の門渡《とわた》りと呼ぶ。一郎太は、愛汁《あいじゅう》で濡れた指先で、その蟻の門渡りを撫でた。

「うふっ」

お千は、肩を蠢《うごめ》かした。

「どうした」

「何だか……そこは、くすぐったいみたいな……」

「そことは、この蟻の門渡りのことか」

一郎太は、中指で会陰《えいんぶ》部を軽く押しやる。

「そう、そこ……」

「くすぐったいだけか」

「ううん……くすぐったいのと気持ちいいのが入り混じって、何か、変な気持ち……」

甘ったれた声で、お千は言う。

「では、こっちはどうだ」

中指の先端を、ぬぷり……と女門に侵入させる。

「あんっ」

お千が、小さな叫びを上げた。括約筋《かつやくきん》が、きゅっと男の指を締めつけている。

その先は、純潔の肉扉が異物の侵入を阻《はば》んでいた。

「ここに、男の魔羅が入るのだ」

前にも述べたように、魔羅――ＭＡＲＡは、男根の俗称である。

「嘘だよぅ」男装娘が言った。

「指の先っぽだけで、もう、いっぱいになってるもん。そんなところに、あんな巨《おお》きなものが入るわけないじゃないか」

「あんな巨きいもの——ということは、お松がしゃぶるのを見ていたのか、お千」

知っていながら、一郎太がからかうと、

「意地悪……」

消え入るような声で言う、男装娘である。

「ここには、どんなに巨きくても入るから、不思議さ」

女門に没した中指を穏やかに抜き差ししながら、一郎太は言った。

「何しろ、この孔《あな》から赤ん坊だって出て来るんだからな」

「それはそうだけど……」

まだ、納得のいかないような男装娘である。

「では、ここはどうかな」

中指の先端を女門に入れたままで、一郎太は、親指を亀裂の始まりにあてがった。そこには、皮鞘《かわざや》に守られた肉の真珠がある。

一郎太は、親指の先で肉の真珠を突ついた。

「あっ、あっ……あっ」

びくっ、びくっ、と連続して男装娘の躯が震えた。言葉で答えずとも、鋭い快感を得たことが、はっきりとわかる。

「よし、よし」

一郎太は今度は、親指の腹で皮鞘を撫でた。肉真珠の根元を、皮鞘の上から愛撫したのである。

同時に、中指の先も女門の内部で動かす。つまり、二箇所同時責めであった。

「そ、そんな……ああ……駄目ぇ………」

悦楽の波が二重に押し寄せる複雑な感覚に、お千は喘《あえ》いだ。そのか細い喘ぎ声を聞いていると、とても天狗小僧などと呼ばれる大胆な盗賊とは思えない。

一郎太が右手の動きを速めると、お千は臀《しり》を後ろに突き出すようにして、悦声《よがりごえ》を上げた。胎児のように背中を丸めて両足を胸に引きつける。

「………うううアっ！」

ついに、お千は生まれて初めて性的絶頂に達した。太腿《ふともも》で、きつく男の手を締めつける。

一郎太の指は、熱湯のように愛汁が噴き出すのを感じていた。

躯のあちこちの痙攣《けいれん》が鎮まると、お千は、闇の中で接吻を求めて来た。一郎太は、秘部に指を入れたままで、その求めに応じる。

　お千の方が情熱的に、舌を差し入れて来た。一郎太の唾液を吸う。

息もつかずに唇を貪《むさぼ》っていたお千は、ようやく落ち着くと、口を外して、

「好きっ、おじさんのこと、大好きになっちゃったっ」

「うむ。俺も、お前のことが可愛くなった」

　一郎太は、嘘偽《うそいつわ》りのない想いを口にした。

　出会った時には、抜身《ぬきみ》の匕首《あいくち》のように剣呑《けんのん》なお千だったが、今は恋に目覚めた健気《けなげ》な小娘になっている。

　盗人娘《ぬすっとむすめ》に惚れてどうするのだ――と諫《いさ》める声が頭の中で聞こえるが、俺が改心させて足を洗わせればいいじゃないか――と自分に自分で言い返した。

「だから、今はここまでにしておこう。もっと、落ち着ける場所で、お前を女にしてやる。どうだ？」

「うん」

　闇の中で、お千はうなずいたようである。

「わかったから……おじさん。もう一度、おいらの口を吸って」

「よし、よし」

一郎太は、くちづけをしてやった。今度は、一郎太が男装娘の唾液を吸う。

それで安心したのか、お千は背中を男に預けて寝直す。一郎太が右手を秘部から抜こうとすると、

「そのままにして……」

お千は太腿を閉じて、男の手を挟みこむ。

「うむ、わかった」

一郎太も、男装娘の頭に顔を埋めるようにして、眠りについた。

第三章　美女やくざの乳房

一

「……？」

なぜ目覚めたのか、一郎太《いちろうた》は、すぐにはわからなかった。

眠りこんだ時と同じ姿勢で、お千《せん》を懐《ふところ》にかかえこむような格好である。右手も、男装娘の温かい秘部に触れたままだ。

真っ暗闇ではなく、本堂の床の裏側が見えるということは、夜が明けたのだろう。三月四日の朝というわけだ。

「もう、逃がしゃしねえぞっ」

「ぶっ殺してやるっ」

物騒な声が聞こえて来た。本堂の裏の方からだ。

どうも、この争いの声が耳に入って、一郎太は目が覚めたらしい。

お千の胯間からそっと右手を抜くと、一郎太は、大刀を手に隠れ家から抜け出した。本堂の裏まで、そっと這《は》って行く。

早朝の光の下、本堂と裏の木立の間に四人の人間がいた。旅姿の渡世人である。一人を、長脇差《ながどす》を構えた三人が取り囲んでいた。一対三というわけだ。

「妙見《みょうけん》の伊佐八《いさはち》に見つかったのが、てめえの運の尽きだぜ。覚悟しやがれ、ちきしょうめ」

三人の中の一人、炭団《たどん》のように丸顔で色黒の男が吠えた。

囲まれている渡世人は、すらりとした長身で、月代《さかやき》を伸ばし、色白できりっとした顔立ちである。片滝縞《かたたきじま》の小袖《こそで》を臀端折《しりつぱしよ》りにして、白い木股《きまた》を穿《は》き、黒い手甲《てつこう》脚絆《きやはん》を付けていた。まだ、腰の長脇差は抜いていない。

「わからねえ奴らだな」

その渡世人が言った。女の声である。男装の女渡世人なのだ。

胸には、高々と白い晒《さら》し布を巻いている。年の頃は二十四、五であろう。十代半ばで嫁に行くのが普通のこの時代では、〈年増《としま》〉に区分されてしまう年齢だ。

「この般若《はんにゃ》のお嵐《らん》、逃げも隠れもしねえが、あれは喧嘩場での出来事だ。あたしは高崎の六兵衛《ろくべえ》親分に一宿一飯《いっしゅくいっぱん》の義理があるから、助《すけ》っ人《と》をしただけ。斬るも斬られるも、その場限りのことじゃねえか。牛込の宗助《そうすけ》って人を斬ったのは、たしかにこのお嵐だが、仇敵《かたき》呼ばわりは筋違いだぜ」

「うるせえ。この久吉《ひさきち》が、兄弟分の宗助の恨みを晴らしてやるんだっ」

そう喚《わめ》いて、正面の太った奴が諸手《もろて》突《づ》きで突っこんで来た。

「ちっ」

お嵐は長脇差を抜き様《ざま》、その刃《やいば》を払い上げた。そこへ、斜め後ろの小柄な奴が斬りかかって来る。

振り向きながら、お嵐は、真《ま》っ向《こ》う唐竹割《からたけわ》りに振り下ろされた刃を、交差するようにして長脇差で受け止めた。受け止めた瞬間に、相手を押しやって、ぱっと間合をとる。

そこへ脇から、炭団面《づら》の伊佐八が袈裟《けさ》懸《が》けに斬りかかった。

だが、その刃が振り下ろされるよりも早く、お嵐は長脇差を横薙《よこな》ぎにする。見事な動きだ。

「ぎゃっ」

右の肘《ひじ》を切り割られた伊佐八は、悲鳴を上げて臀餅《しりもち》をついた。長脇差は放り出している。

しかし、ほぼ同時に、久吉が肩から体当たりをして来た。

「うっ」

さすがに、女と肥満体の男では体重差がある。お嵐は踏ん張り切れず、よろめいてしまった。

「くたばれっ」

小柄な奴が、長脇差を一閃させた。体勢の崩れたお嵐は、とっさに地面に倒れこむことで、その刃をかわした。

が、かわし切れずに、胸に巻いた晒しの一部を斬られてしまう。晒しが解けて、豊かな白い乳房が、まろび出た。乳輪は紅梅色をしている。

「あっ」

さすがに、女渡世人は、とっさに左手で襟《えり》を掻き合わせようとした。その隙《すき》に、久吉がお嵐の右手を蹴る。彼女の手から、長脇差が吹っ飛んだ。

「てめえの命は、この権次《ごんじ》がもらったァっ」

長脇差を逆手に持つと、その権次という奴は、お嵐の胸に突き立てようとする。

その時、縁の下から飛び出した一郎太が、権次の横っ面に岩のような拳《こぶし》を叩きつけた。

「げはァっ」

割れた奥歯の欠片《かけら》を吐き散らしながら、小柄な権次は吹っ飛んだ。

「て、てめえはっ？」

久吉が、突然、出現した一郎太を見て、呆然《ぼうぜん》とする。その間の抜けた顔の真ん中に、一郎太は鉄拳を叩きこんだ。

「ぐべっ」

ただでさえ低い鼻が顔面に陥没してしまった久吉は、滝のように鼻血を流しながら臀餅をつく。

「貴様ら、尊い神域で人殺しをしようとは、どういう了見だっ」

一郎太は怒鳴りつけた。

「さっさと、仲間を連れて去れ。もたもたしていると、薄汚い素っ首を叩っ斬るぞ！」

神域での殺人を咎《とが》めておきながら、「素っ首を叩っ斬るぞ」と脅かすのは、かなり矛盾している。だが、

「ひ、ひえぇ……っ」

蒼くなった久吉と権次は、肘を斬り割られた伊佐八を助けて這々《ほうほう》の体《てい》で逃げ出した。

「おい、大丈夫か。斬られてはおらんか」

一郎太は、お嵐に手を差し伸べながら、胸を覗きこむ形になる。

「あ……」

お嵐は恥じらいながら、襟を掻き合わせた。男勝りの女渡世人なのに、その仕草が何とも色っぽい。

「おっと、これは済まん」

くるりと、一郎太は後ろ向きになる。立ち上がったお嵐は、身繕《みづくろ》いして胸乳《むなぢ》が見えないようにした。

「旦那、おかげで命拾いをいたしました。ありがとうございます」

「おう、姐御《あねご》も無事でよかった」

長脇差を拾い上げた一郎太は、柄頭《つかがしら》を相手に向けて差し出す。

「どうも、畏《おそ》れ入ります」

深々と頭を下げてから、お嵐は長脇差を受け取って、鞘《さや》に納めた。並の男よりも背の高いお嵐だが、一郎太よりは頭半分ほど低い。

「失礼ですが、旦那は、どこにいらしたんですか。ここには、あたしたち四人しかいなかったと思いますが」

「ん？　ああ、縁の下だ」

何の気取りもなく、一郎太は言った。

「昨日までは、これでも道場主だったんだがな。いささか揉め事があって、昨夜は縁の下が仮の宿だよ」

「わざわざ、あたしを助けるために……縁の下から飛び出してくださったんですか」

お嵐の切れ長の目が、感動で潤《うる》む。その瞳には、熱烈な思慕の色が宿った。

「申し遅れましたが、あたしは般若のお嵐というけちな女郎《めろう》でございます。お見かけ通りの無職渡世です」

頭を下げて、お嵐は言う。

「うむ、承《うけたまわ》った。俺は大門一刀流の開祖、大門一郎太だ。ちなみに、大刀しか差していないのは、それが流儀であって、決して脇差を質に入れたからではない」

一郎太の軽口に、お嵐は微笑《ほほえ》みながら、

「これはご丁寧なご挨拶、ありがとうございます」

「女の渡世人というものがいるとは聞いていたが、実物を見たのは初めてだ。大した腕だなあ、姐御。相手が二人までなら、間違いなく、姐御が勝つだろう」

「女だてらに、荒っぽいことが得意になっちまいました」

その声には、苦い自己嫌悪の響きがあった。女の身で長脇差を振りまわして敵を斬ることに、嫌気がさしているのだろう。それを聞いた一郎太は、

「俺が言うまでもなく、もう、わかっているようだが……姐御。身を守るためなら仕方ないが、なるべく、相手の命は奪わぬ方がいいぜ」

「へい……」

お嵐は項《うな》だれる。

「寝床で目を閉じると、斬った相手の断末魔の顔が目に浮かぶのは、厭《いや》なものさ」

「旦那……お言葉が胸に染みます」

口先だけの忠告ではなく、一郎太の実体験から出た言葉の重みに、自然と頭を下げるお嵐であった。

「ところで、渡世名《ふたつな》の般若は、どこから来たんだ。般若どころか、こんなに色っぽい美人なのに」

「からかっちゃいけません」

そう言いながら、お嵐の顔は嬉しそうである。眩《まぶ》しそうに一郎太を見つめて、

「その渡世名は、背中の彫物からつきましたんで」

「つまり、姐御の白い背中には般若の彫物があるってことか」

一郎太は、興味津々の顔つきになって、

「そいつは見事だろうな。是非、拝見したいもんだ」

「ふふ……お目汚しでしょうが、旦那にならいつでも」

目の縁《ふち》を赤く染めながら、お嵐は含羞《はにか》んだ。

「――おじさんっ」

針のように尖った声に振り向くと、天狗小僧のお千が腕組みをして立っていた。

険悪な表情である。

「何をしてるのさっ」

「おう、お千。起きたのか。こっちの姐御は…」

「無職渡世の嵐と申します、以後、お見知りおきを」

お嵐は、わざとのように慇懃《いんぎん》にお千に頭を下げた。それから、一郎太の方を向いて、

「あたしは橋本町の辰五郎《たつごろう》親分のところへ、草鞋《わらじ》を脱ぐつもりです」

「そうか。縁があったら、また逢おう」

「ごめんなすって」

会釈したお嵐は、ちらっとお千の方を見てから、さっと風のように歩き去った。

すると、男装娘は目の端を吊り上げて、つかつかと一郎太に近づいて来た。

「おじさんのド助兵衛《すけべえ》侍、大門一刀流じゃなくてド助兵衛一刀流じゃないかっ」

「神域で何を言い出すんだ、お前は」

一郎太は、いささか、あわてた。

「馴染みの夜鷹《よたか》がいるかと思えば、今度は女やくざなんかに、でれでれしちゃってさ。何が、背中の般若が見たい——だよ。おいらのこと可愛いって言ったくせに、お乳の大きい女がそんなに好きなのかよっ」

「おいおい……」

「おいらも、負けないもん」

お千は、一郎太の前に跪《ひざまず》いた。そして、袴《はかま》の無双窓《むそうまど》を開いて、肉根を引き出す。

「馬鹿、人が来たらどうするっ」

「夜鷹の真似してお珍々をしゃぶるくらい、おいらにだって朝飯前なんだから」

そう言って、小さな口いっぱいに、お千は咥《くわ》えた。勢いで咥えたのはいいが、生まれて初めての行為で、そこから先がわからず、固まってしまう。

「無理はしなくていいんだぞ」

一郎太がそう言うと、

「ん、んん……」

お千は意地になって、首を小さく横に振った。胸の中で溜息《ためいき》をついた一郎太は、その頭を両手でかかえて、ゆっくりと腰を前後に動かす。

意地っ張りの処女の口の中に、まだ柔らかい男根が出没した。お千は、じっとされるがままになっていたが、しばらくして要領がわかって来たらしい。

自分から頭を前後に動かす、舌を使って、肉根を舐めた。拙《つたな》いが、健気《けなげ》で心のこもった口淫《こういん》奉仕である。

そうなると、一郎太も快感が高まって来て、肉根に血液が流入した。容積を増した男根は、石のように硬くなる。

その剛根を深々と咥えこんだお千は、

「ぐふっ、げほっ」

あわてて口を外して、咳きこんだ。深すぎて、喉の奥を突いてしまったのである。

「よし、よし。続きは、誰も来ないところでな」

一郎太は、お千の肩を軽く叩いた。意志の力で、臨戦態勢になった男の象徴を落ち着かせる。そして、下帯の中に押しこんだ。

お千を立たせて、膝の埃《ほこり》を払ってやると、

「どこかで朝飯を喰ったら、行くぞ」

「行くって、どこへ？」

きょとんとする男装娘に、一郎太は言った。

「決まってるだろう、女雛《めびな》の隠し場所だ。それを、紀州藩に返すんだよ」

二

紀州藩中屋敷の東側に、五千石の大身《たいしん》旗本の米津《よねつ》家の屋敷と裏伝馬町《うらてんまちょう》二丁目の町屋が、丁字路をなしているところがある。

一膳飯屋で腹ごしらえをした大門《だいもん》一郎太と天狗小僧のお千は、人通りが多くなる時間を見計らって、外濠沿いの紀伊国坂《きのくにざか》を下り、そのT字路へやって来た。

夜中と違って、人通りがある路上では、紀州藩士がいたとしても、いきなり一郎太たちに斬りかかることはできないだろう。

「で、どこなんだ」

「勿体《もったい》ねえなあ。せっかく、いただいた物を返すなんて」

お千は不満そうに、口を尖らせる。そんな顔をしても、品があった。

「それで何とか事態を丸く収めてやるから、諦めろ」

一郎太としては、女雛《めびな》を返すことを条件に、紀州藩と話をつけるつもりであった。家宝だか拝領物だか知らないが、大事な女雛を無事に戻して、この件は口外しないと約束すれば、先方も事を荒立てたくないはずだ——という考えである。

それでも揉めるようなら、覚悟を決めて闘うしかない。

「さあ、どこだ」

「ここだよ」

裏伝馬町二丁目の角に、辻燈台《つじとうだい》が立っている。

辻燈台は辻行灯《あんどん》ともいって、五尺ほどの高さの四角い塔である。屋根付きで、内部に油皿と灯心があり、終夜、路上を照らすものだ。町内の雑用をこなす番太郎が管理して、灯火をつけたり油を足したりする。

何気ない態度で、お千は、その辻燈台の後ろにしゃがみこんだ。

「この台座のところの羽目板が、片側の釘《くぎ》が抜けていて、押すと扉みたいに開くんだ。昨夜、屋敷から抜け出して、すぐにここへ隠したのさ」

「なるほど」

一郎太は、通行人の目からお千を隠すように、彼女の前に立った。

「万一、捕まっても、品物が見つからなきゃ、すぐに斬られることはないからな」

「そういうこと………ん？」

羽目板の脇に右手を突っこんだお千は、不審げな顔つきになる。

「どうした」

「いや……おかしいな」

お千は右手を抜くと、左手を入れて中を探る。

「たしか、この辺に……ないっ」

ついに、お千は、その羽目板を外してしまった。そして、辻燈台の中を覗きこむ。

「ない、やっぱり、ないっ」

「何だとっ?」

それを聞いた一郎太も、驚いた。

紀州藩の奴らが取り戻したのかとも考えたが、昨夜の切羽詰《せっぱつ》まったような様子を見ると、そうとも思えない。

「他の辻と間違えたのではないか」

「ここだよ、この辻燈台なんだってばっ」

その時、

「——何をなさってるんで」

ふらりと近づいて来た町人がいた。三十半ばの、糸瓜《へちま》のように面長《おもなが》の不思議な顔立ちの男である。

殺気や敵意がないので、考えをまとめるのに集中していた一郎太は、この男が寄って来るのに気づかなかったのだ。

「いや、何でもない。こいつは、辻燈台を見て歩くのが道楽なんだ」

我ながら下手な弁解だなと思いながら、一郎太は言った。

「そこに女雛はありませんよ」

糸瓜顔の男は、にやりと嗤《わら》った。それを聞いた一郎太の右手が、大刀の柄《つか》にか

かると、

「おっと、待った。あたしゃ、旦那方の敵じゃありません。太鼓持ちの苫六《とまろく》と申します」

太鼓持ちとは、酒席で座を盛り上げたり遊興の手助けをしたりする商売のことだ。幇間《ほうかん》とも男芸者ともいう。

「何で、女雛のことを知ってんだ。お前が盗ったのか？」

立ち上がったお千が、嚙みつきそうな表情で詰問《きつもん》した。

「ははは。兄ィが他人に向かって、盗ったのか――というのは、面白いね。この苫六の仕業《しわざ》じゃありませんよ。ですが、盗った奴は知ってます」

「誰だ」

一郎太が、一歩前へ出る。

「こんな往来で立ち話も不粋《ぶすい》ですから、そこの蕎麦屋《そばや》の二階で一杯やりながら、ゆっくりと話し合おうじゃありませんか」

笑みを絶やさずに、太鼓持ちの苫六は提案する。

「――よかろう。ただし、勘定はそっち持ちでな」

一郎太は、苫六のあとについて歩き出す。お千も不承不承《ふしょうぶしょう》の顔で、ついて来た。

「ごめんなさいよ」

苫六は、〈信濃屋〉という蕎麦屋の暖簾《のれん》をくぐり抜ける。土間には卓が左右に三つずつ、土間の奥の左手が板場で、右手が三畳の座敷、奥を真っ直ぐに行くと裏口になっていた。

「ちょいと失礼」

苫六は、小腰を屈めて会釈しながら、その土間を足早に通り過ぎた。仕方なく、一郎太とお千も、それに続く。

店の者も客も何が何だかわからず、あっけにとられて、通り抜けをする三人組を眺めていた。

信濃屋の裏口から路地へ出た苫六は、

「急いで、こっちですよっ」

着物の裾《すそ》を臀端折《しりつぱしよ》りして、路地を駆け出す。一郎太は、それに続きながら、

「尾行《つけ》られているのか、侍の姿はなかったようだが」

「お侍じゃなくて町人です。通りの向こうで煙草を吸ってた奴。紀の字屋敷に頼まれた口入れ屋か何かでしょうよ」

苫六が言う〈紀の字屋敷〉とは、紀州藩のことだろう。

口入れ屋とは、現代でいうところの人材派遣業で、武家屋敷に中間や人足を斡旋《あっせん》していた。

それを表看板にして、裏では、やくざの一家であることが多い。当然、出入りの武家屋敷から頼まれて、揉め事の処理や非合法なことを行う者も少なくなかった。

「お前、やっぱり、ただの太鼓持ちじゃねえなっ」

お千がそう言っても、苫六は笑っただけで答えない。

路地から路地へと走り抜けた三人は、赤坂門に続く広い通りへ出た。通りの両側はなだらかな斜面になっていて、外濠に面した草の茂る河原に繋がっている。

苫六は、その斜面を下りた。河原には桟橋《さんばし》があり、猪牙舟《ちょきぶね》が係留されていた。

「さあ、早く乗って」

係留の綱を解《ほど》きながら、苫六は言う。一郎太とお千が乗りこむと、苫六は舟を押し出した。

舟に飛び移ると、苫六は諸肌脱《もろはだ》ぎになる。幇間にしては、鍛えた軀《からだ》つきであった。そして、苫六は水棹《みさお》を握り、器用に操る。

「今ごろ、あの見張りは蕎麦屋のまわりを、うろうろしているでしょうよ」

栈橋から離れた猪牙舟は、濠に沿って南へ下った。外濠の東側は出雲松江藩と和泉岸和田藩の上屋敷、西側には町屋が並んでいる。

「悪いけど、お二人とも舟底に寝そべってくださいな。岸の方から見えないように」

「舟まで用意して、俺たちが来るのを待ちかまえていたのか」

指図通りに仰向《あおむ》けになった一郎太が、大刀を胸にかかえこんで言う。その一郎太に、天狗小僧のお千は左側からかじりついていた。

「そういうことになりますねえ」

苦六は、のんびりした声で言った。

「実はな、苦六。俺は舟が漕げる」

「へえ、そうでございますか」

「だから、今、お前を叩き斬って濠へ蹴り落としても、不自由はせんということだ」

一郎太は、大刀の柄《つか》を右手で叩いて見せた。

「あっはっはっは」

脅されたのに、陽気に笑う苦六である。

「無腰の町人を斬ることができる旦那なら、その腕前で貧乏なんざしていないでしょう。いくらでも、あくどいことをして稼いでいるはずだ。旦那のなさることには、正義の筋ってやつが一本通ってますからね。一晩中一緒にいた千吉ことお千の姐《ねえ》さんも、まだ生娘《きむすめ》のままのようだし」

「な、な、な、何を言ってるんだ、お前はっ」

下戸《げこ》が五合徳利を空にしたように、お千は真っ赤になった。

「いや、隠しても、歩き方をみればわかります。だが、あんまり疑われても厭《いや》だから、正体を明かしましょう。表看板が太鼓持ちの苫六、実は裏では早耳屋《はやみみや》をやっております」

「早耳屋……？」

一郎太が、初めて聞く言葉であった。

「つまりね」お千が言う。

「色んな秘密や事件なんかを聞きこんで、それを敵方とか岡っ引とかに売る商売さ。汚い稼業だよ」

「こいつは手厳しい」苫六は苦笑いして、

「ですが、今回は、あたしが関わったおかげで、旦那方が無事に逃げられたことを評価して欲しいですねえ」

　そんな会話を交わしながら、四町――四百メートルほども外濠を下ると、急に幅が広くなった。水面には、蓮《はす》の葉が無数に浮いている。

　溜池《ためいけ》に出たのであった。その長さは、東西に九町もある。

　東側に見える広い寺社は、日吉山王神社だ。徳川家の産土神《うぶすながみ》であった。隔年で交互に開かれる日吉神社と神田明神の祭礼を、江戸の〈天下祭り〉と呼ぶ。

　溜池には、江戸時代初期に琵琶湖から運ばれた鮒《ふな》や山城淀《よど》の鯉《こい》などが放流されていた。その鮒や鯉が群れ泳ぐ溜池を、猪牙舟は軽快に滑ってゆく。

「で、早耳屋の苫六兄ィ。俺たちをどこへ連れて行こうというのだ」

　舟底に寝たままの姿勢で、一郎太は訊いた。

「大溜の手前で舟を降りて、あとは目立たないように駕籠《かご》にしましょう。そして、知り合いの船宿まで参ります。そこで、今度こそ、ゆっくりと話をいたします」

「女雛の話か」

「そうです」苫六は言った。

「この耳で掻き集めた、三万両の女雛の話ですよ――」

第四章　由比正雪《ゆいしようせつ》の隠し金

一

大川の西岸――浅草諏訪町《すわちよう》に、〈滝波《たきなみ》〉という船宿がある。

その二階の六畳間に、大門一郎太《だいもんいちろうた》と天狗小僧のお千《せん》、それに幇間《ほうかん》兼早耳屋《はやみみや》の苫六《とまろく》の三人は座っていた。

大川に面した出窓の障子は、今は閉めてある。この座敷の隣に、もうひとつ六畳の座敷があるが、そこに客はいない。

酒肴《しゆこう》の膳を運んで来た小女《こおんな》が、階段を下りてゆくと、

「ま、旦那。おひとつ」

糸瓜顔《へちまがお》の苫六は燗徳利《かんどくり》を取り上げて、一郎太に酌をした。一郎太は無言で、その酒を喉の奥へ放りこむ。

「——さあ、話してくれ」と一郎太。

「俺は駆け引きは苦手なんだ。焦《じ》らされたり、はぐらかされたり、意味深なことを言われたりするのは、もう飽きたよ」

「わかりました。では、女雛《めびな》を盗んだ奴が誰か、お教えしましょう」

「誰なんだよっ」

お千が血相を変えて、身を乗り出した。その男装娘の顔を見つめて、

「お前さんに、女雛を盗めと言った男の仲間ですよ」

あっさりと苦六は言う。

「な……何のことだ」

啞然《あぜん》として、一郎太は、お千を見た。お千は、蒼白になっている。

「お前は紀州藩の中屋敷に忍びこんで、たまたま手にした女雛を盗って来たのではなかったのか。最初から、女雛を狙っていたのか」

「………」

お千は黙りこくっている。あれほど健気《けなげ》で可愛い媚態《びたい》を見せていたお千が、自分を欺《あざむ》いていたとは信じがたい一郎太であった。

「俺に嘘をついたのか、お千っ」

その言葉に、俯《うつむ》いて自分の膝をつかむ男装娘である。

「まあまあ、旦那。そんなに矢継《やつ》ぎ早《ばや》に問い詰めたら、お千姐《ねえ》さんも返事ができません」

苫六が、両手で宥《なだ》めるようにする。

「まずは、あたしが知っていることから、お話ししましょう」

「う、うむ……」

一郎太は、うなずいた。苫六は座り直して、

「あまり大きな声では言えませんが、お千姐さんは天狗小僧の異名で知られる盗賊です。それは間違いない」

講釈師のように滑らかに、話し始める。

「そんな姐さんに近づいて来た男がいた。その男は、姐さんの正体を知った上で、紀州藩中屋敷の見取り図を見せ、二月の末から奥御殿に飾られる一刀彫りの女雛を見事に盗んでみろ——と唆《そそのか》したわけです」

「……」

「姐さんが三月三日の夜を選んだのは、奥御殿の腰元たちが甘酒で酔って気が緩んでいる隙《すき》を突いたんですね。そして、見事に盗み出して塀《へい》の外へ逃れると、紀

州藩士たちの追っ手がかかっているので、ひとまず、女雛を辻燈台《つじとうだい》の中に隠した。ところが、その姐さんには、中屋敷へ忍びこむ前から、ひもがついていたんですよ」

ひも――すなわち、見張りである。

その見張りは、下準備の時にお千が辻燈台を調べたのを見ていた。そして、お千が中屋敷に忍びこみ、逃げ出して来るのも見ていたのである。

お千が、辻燈台に女雛を隠して逃走すると、その見張りは、すぐに女雛を横取りしたのであった。

そいつは、手拭いで頬被《ほおかぶ》りをしていたから人相はわからないが、月代《さかやき》を伸ばした中肉中背の若い男で、遊び人風の身形《みなり》だったという。

「なるほど……その見張りに、実は、また見張りがついていた。それが、お前だな」

冷静になって来た一郎太である。

「さすがは旦那だ。察しがいいですね」

苦六は微笑《ほほえ》んだ。

「それで、お前はどうした」

「勿論《もちろん》、そいつを尾行《つけ》ました。すると、そいつは、姐さんに女雛盗みを唆した奴の隠れ家へ入って行きましたよ」

それを聞いて、きっと顔を上げたお千が、

「じゃあ、的場《まとば》陣内《じんない》は最初からそのつもりで、おいらに盗みをさせたのかよっ」

「的場陣内……それが、お前に女雛を盗めと唆した奴の名か」

一郎太が尋ねると、お千は、こくんとうなずく。

「素性《すじょう》のわからない悪党です。背が低くて月代も剃らずに髪を伸ばし、鍾馗《しょうき》様みたいな凄い髭《ひげ》を垂らしてね。深川の家以外にも隠れ家があるらしいんですが、尾行を撒くのが上手くて、皆目わからない」

苦六が説明する。

「姐さん。陣内は、何と言って盗みをさせたんですか」

「仇討《あだう》ち……これは、お前の御先祖様の仇討ちになるからって」

ぽつり、と男装娘が言った。

「お千。お前の御先祖様というと？」

「二万石の御大名だった松平能登守《のとのかみ》って人なんだって」

お千は答えた。

「今から百四十年くらい前に、その人は将軍様に逆らってお坊さんになったんで、怒った将軍様は、御先祖様の首を斬っちゃったんだってさ。その時、他のお偉方《えらがた》は御先祖様に同情的だったのに、紀州の殿様だけが斬首にしろ斬首にしろって言ったんで、処刑されちゃったんだ。だから、紀州藩は、おいらの御先祖様の仇敵《かたき》なんだよっ」

「松平能登守……？」

出家して斬首になった大名というのは、一郎太の知識にはなかった。

「それで、お前はどうして、その松平家の末裔《まつえい》だとわかったんだ」

お千は、胸の晒《さら》しの奥から、細い布袋を取り出した。そして、その袋の中から「これだよ」

大事そうに取り出したのは、古い銀の簪《かんざし》である。

「おいら、十八年前に柳森稲荷の境内に置かれてた捨児《すてご》だったんだ……産着《うぶぎ》の間に、この簪が差してあったの。おいらを拾って育ててくれた為造爺《ためぞうじい》ちゃんは、たぶん、御母《おっか》さんが、後で身元がわかるように差しておいたんだろうって……」

しんみりした声で言ったお千は、簪の頭を指さす。小さい丸を中央にして周囲に大きな丸が五つ配置された、透かし彫りになっていた。

「ここの透かし彫りが梅鉢《うめばち》の紋になってるだろ。梅鉢は松平能登守様の家紋なんだって、陣内が言ったんだよ」

「ふうむ」

一郎太は、その簪を手にとって、よく見た。真鍮《しんちゅう》製品に水銀を塗った銀流しではなく、本物の銀簪である。細工も丁寧だから、かなり高価な品物であった。

「だがな、お千。梅鉢を家紋にしている家は沢山あるだろう。この簪だけで、お前が能登守の末裔だと決めるわけには……」

一郎太は、言葉を切った。お千が双眸《そうぼう》に涙を湛《たた》えて唇を嚙んだまま、じっと一郎太を見つめていたからだ。

捨児で自分の親を知らず、色々な辛い目にあって、結局は若くして盗人《ぬすっと》にまで身を堕とした娘であった。自分が大名家の末裔であると信じたいお千の気持ちは、一郎太にも、わかるような気がする。

「お千、これは普通の町屋の女が用いるような簪ではない。たしかに、武家か大名家の女が差していてもおかしくないものだ。しかも、相当の年代物だな」

努めて穏やかな口調で、一郎太は言う。

「やっぱり、そうだろっ」

お千は、嬉しそうに言った。

「だが、これだけでは能登守との繋がりは弱いな。二万石の大名ではなく、四千石の旗本かもしれないし、逆に十万石の大々名かもしれない。その陣内という男は、この簪の紋だけでお前を能登守の末裔と決めつけたのか」

「いや、それがね」お千は語る。

「的場陣内は、自分が松平能登守の家老の末裔だというんだよ」

陣内の説明では――主家を再興するために能登守の末裔を捜していた。決め手は、梅鉢の紋が入った簪である。これは、能登守が側室のお八重《やえ》の方《かた》に与えた物だ。

能登守の妻子や側室が将軍家に皆殺しにされた時に、お八重の方だけが、自分が産んだ小太郎を連れて逃げ延びたのである。その小太郎が、お千の先祖になるという。

「おいら、最初に逢った時に、お姫様なんて呼ばれちゃってさあ」

男装娘は、一郎太の分厚い肩を叩いて、

「へへへ、照れるよね」

「相手は、お前がその簪を持っていることを、どうして知ったのかな」

湯屋から出て来たお千が、袋の中の簪を確認している時に、たまたま陣内の仲間が、それを目撃したらしい――と、お千は説明した。

「そうか。だがな、家臣がお姫様に危険な泥棒をさせるのか。それは、おかしいだろう」

「え？　うん……言われてみれば、そうだけど……」

さすがに、お千は首を捻《ひね》った。

「でもさあ。首尾よく女雛を盗み出したら、三万両の隠し場所がわかるから、それで松平家を大名家として再興できるって言われた」

「その三万両ってのが、わからないな」

「あの女雛には、由比正雪が軍資金の三万両を隠した場所を書いた文書が入ってるんだって」

「ゆ、由比正雪……？」

二

由比民部之助《みんぶのすけ》正雪――寛永期の軍学者である。幕末を別にすれば、徳川長期政権下において、ただ一人、クーデターを企《くわだ》てた男であった。

東海道の第十六番目の宿駅である由井宿の生まれだ。紺屋《こうや》を営む治兵衛《じへえ》とおなか夫婦の長子で、富士浅間《せんげん》神社に願掛けして授かった子なので、富士松と名付けられた。

一説によれば、瞳が二つ並んだ双瞳《そうどう》の持ち主であったという。

学問にも武術にも秀でた富士松は、長じて由比民部之助正雪と名乗り、東北から九州まで武者修業して歩いた。

そして、江戸で楠流《くすのきりゅう》軍学者・楠不伝《ふでん》の養子となり、不伝が破門した門弟に殺害されると、その仇敵《かたき》を討った。正雪は不伝の道場を引き継いで繁盛させると、牛込榎町《えのきちょう》に移り、ここに八間《はっけん》四面、柱なしの立派な道場を建てたのである。

その欅《けやき》の大看板には、〈上は天文　下は地理　十能六芸《じゅうのうりくげい》　阿吽《あうん》両道　武芸十八般　何流にかかわらず他流試合　真剣勝負勝手たるべきこと　張孔堂《ちょうこうどう》　由比民部之助正雪〉と書かれていた。

その人気と名声は抜群で、大身《たいしん》旗本や諸大名まで競って正雪を招き、彼の軍学講義を聴いたほどである。

江戸府内だけで正雪の門弟、三千人。そのほとんどが、禄を離れた浪人であった。地方の弟子も入れると、五千人はいたという。

徳川幕府は三代将軍家光の時までは、少しの落ち度でも大名を容赦なく潰して来た。これと目をつけた大名家があると、時として謀略を仕掛けてまで断絶に追いこんだ。

大名家が断絶になれば、その家臣たちは路頭に迷い、浪人となる。領地を削られただけでも、その分、家臣の人数を削減しなければならない。断絶でも領地削減でも、浪人は増加する一方である。

初代の家康から三代目の家光までの間に生まれた浪人の数は、少なく見積もっても十万人以上、最大で四十万近いとも言われている。

そして、この浪人たちが再士官できる確率は、十人に一人しか成功しないといわれている仇討《あだう》ちよりも、さらに低かった。

つまり、帰農したり町人になったり、道場や寺子屋を開いたりした少数者以外は、手内職や大道芸で細々と食べて行くか、犯罪に手を染めるかしかなかったのである。

その幕政に憤懣《ふんまん》やるかたない浪人たちが、軍学道場に千人単位で集まったのだから、穏やかではない。徳川幕府でも用心して、密偵に由比正雪を調べさせた。

そして、正雪が討幕計画を立てていることが発覚したのだ。

慶安四年四月——三代将軍家光が死去し、四代将軍となった家綱《いえつな》は、まだ十一歳であった。

これを討幕の好機と見た正雪は、同年七月二十九日に決起することにした。

張孔堂の門弟を五手に分けて、江戸組は佐原重兵衛《さはらじゆうべえ》、名護屋《なごや》組は坪内作馬《つぼうちさくま》、大坂組は金井半兵衛《かないはんべえ》、京組は熊谷三郎兵衛《くまがいさぶろうべえ》が大将となる。正雪自身は駿河《するが》組となって、駿河城を乗っ取り、東海道の行き来を遮断する。

江戸組は、公儀焔硝蔵《こうぎえんしようぐら》に火を放って爆発させ、さらに江戸の各所に火を放ち、その混乱に乗じて江戸城へ乗りこみ、家綱を拉致《らち》するというものだ。四代将軍を人質にして、親藩や譜代の大名を牽制し、外様大名の決起を促す。

そして、紀州大納言頼宣《よりのぶ》を将軍として新政権を樹立する——というのが、正雪の考えである。

しかし、前にも述べたように幕府は張孔堂に密偵を放っており、さらに訴人《そにん》する者もいたので、実行直前の七月二十三日にはクーデター計画が露見してしまった。

その夜のうちに佐原重兵衛、丸橋忠弥《まるはしちゆうや》などの江戸組は捕縛《ほばく》されて、翌日には、正雪たちが滞在している駿府の脇本陣〈梅屋〉も六百余名の捕方に包囲された。

もはやこれまでと観念した正雪は、顕紋紗《けんもんしゃ》の十徳《じっとく》に法眼袴《ほうげんばかま》という姿で、見事に十文字に割腹《かっぷく》して果てた。

そして正雪一党は、八月十三日に鈴ヶ森と荏原郡《えばらごおり》大井の里で、七十三名が磔《はりつけ》になった。獄門になった者は、三百七十人である。

こうして、徳川幕府を震撼《しんかん》させた〈慶安の変〉は終了したが、重大な後始末が残っていた。

紀州大納言頼宣の処遇である。

由比正雪の遺書には、「自分は紀州公の名を利用して倒幕の同志を集めたが、それは勝手にやったことであって、紀州公には何の関わりもない。謀反《むほん》の血判状に押してある紀州公の印も、偽造である」という意味のことが書いてあった。

大納言頼宣は、江戸城に呼び出された。喚問《かんもん》の席には、大老・酒井讃岐守《さぬきのかみ》忠勝、老中・松平伊豆守信綱《のぶつな》、阿部豊後守忠秋《ただあき》、井伊掃部頭《かもんのかみ》直孝ら、そして、御三家の尾張大納言光友《みつとも》と水戸中納言頼房《よりふさ》が揃っていた。

頼宣は徳川家康の第十子、紀伊徳川家の藩祖で、前将軍家光の伯父《おじ》である。性格は豪放磊落《らいらく》、武張《ぶば》ったことが大好きで、南龍公《なんりゅうこう》と呼ばれていた。

正雪の事件の前から、もしも徳川の一族に内紛が起こるとしたら、その火元は紀州藩であろう――と噂されていたほどであった。

喚問の座敷の周囲には、屈強の者数十人が配置されており、いざとなったら、頼宣を捕縛するつもりであった。

しかし、頼宣は、血判状を見せられると緊張していた頬を緩めて「偽《にせ》の印形《いんぎょう》である」と弁舌鮮やかに否定し、嫌疑《けんぎ》は晴れたのである……。

「――その由比正雪がね。実は、紀州公から預かった三万両の軍資金が、手つかずで残してあるっていうんだ」

お千は言った。

「その軍資金三万両の隠し場所を書いた文書が、お前が盗んだ女雛《めびな》の中に隠してあったというのか」

あまりにも壮大な話に、一郎太は唸《うな》った。

「それは……どう思う、苫六」

「こいつは、ちょっと驚かされました」

苫六は腕組みをする。

「あたしが知ってる話では、紀州大納言頼宣様は正雪の事件の後、十年の間、将軍様の補佐をするという名目で江戸在府にされて、紀州に帰ることを許されなかったはずですよ。してみると、頼宣様は完全に真っ白の無実というわけではなく、御老中方の心証として灰色だったんじゃないですかねえ」

「しかし、御三家のひとつで五十五万五千石の大々名が、浪人軍学者風情《ふぜい》に三万両も預けるとは……信じられん」

「そのお金は、決行の二日前の七月二十七日の深夜に、隠し場所から取り出す予定だったんだって」

説明を続ける、お千だ。

「だけど、その前に、正雪一味は捕らえられて処刑されたから、隠し金の秘密文書もどこへ行ったか、わからなくなったの」

正雪一味の江戸組の残党が所持していた文書は、めぐりめぐって、ようやく何十年か前に、紀州藩が手に入れた。しかし、その文書を見ても、暗号になっているので隠した場所がわからない。

それで仕方なく、女雛の中に隠して、その文書が読み解けるようになる時まで大切に保管するようにしたのだという。

「なるほど……今はどこの大名家も懐《ふところ》が苦しい。御三家とて例外ではない。紀州藩としては、秘密文書を取り戻して、その三万両を見つけたいわけだな」

一郎太がそう言うと、苫六もうなずく。

「それと、旦那。その文書は、頼宣様の謀反の証拠になっちまうかもしれないものです。だからこそ、紀州藩は血眼《ちまなこ》で取り戻そうとしているんでしょう」

「これはしかし、大変な事件に巻きこまれたものだな」

一郎太は嘆息《たんそく》した。お千の肩に手を掛けて、

「お前、女雛の中身は見なかったのか」

「逃げるのと辻燈台《つじとうだい》に隠すので精一杯で、そんな暇はなかったもん」

お千は、口を尖らせる。

「そうか……しかも、女雛は、的場陣内という奴の手に渡ってしまった……仕方がない」

一郎太は、脇に置いた大刀に手を伸ばして、

「これから、陣内の隠れ家へ殴りこむぞ。苫六、場所はどこだ」

「姐《ねえ》さんも知ってるが、深川の一軒家です。だが、行っても無駄ですよ」

「なぜだ」

「これは、あたしの恥になるから言いたくなかったんですが……駕籠《かご》抜けされて

空っぽでした」

　苫六は苦笑した。

「駕籠抜け……？」

　お千を見張っていて、盗み出して来た女雛を横取りした男は、深川黒江町の一軒家へ入った。

　苫六は、しばらくの間、表から見張っていた。だが、中での話し合いを盗み聞きしようと思い立ち、板塀《いたべい》を越えて忍びこんだ。

　しかし、居間の行灯《あんどん》はともっているものの、人の気配がない。家の裏手に行ってみると、堀割の水を引きこんだ舟着き場があり、舟はなかった。

　つまり、女雛を横取りした男は、この家で待っていた陣内と一緒に小舟で逃亡したのであろう。

　このようにして追っ手を撒く逃走の方法を、駕籠抜けという。苫六と一郎太たちが蕎麦屋《そばや》の表から入って裏の路地へ通り抜けたのも、駕籠抜けである。

　縦横に堀割が走っている深川だから、舟に乗ってしまえば、好きな方向へ逃げられるのだ。

「負け惜しみを言うわけじゃないが、あたしの尾行が発覚《ばれ》たとは思いません。

でも考えてみれば、あの家のことは、お千姐さんも知ってるんだ。いつまでも、あそこにいるわけがありませんよね。念のために、さっさと巣を捨てたんでしょう」

「ふうむ……すばしっこい悪党どもだな」

「ひょっとして、誰かが様子を見に戻って来るかもしれないんで、今は、あたしの仲間の芳松《よしまつ》に見張らせてます」

元々は、この芳松という男が、深川に的場陣内って悪党が棲みついて何かでかいことを企《たくら》んでいる——と苦六に売りこんで来たのが、関わり合いになる発端だったと苦六は言う。

これは金になりそうだと判断した苦六は、陣内を見張っているうちに、出入りする男装娘に目をつけた。そして、その正体が天狗小僧だと調べ上げたのである。

「しかし、苦六。俺は無一文だし、お千だって大した礼金は払えないぞ」

「ご心配なく。いざとなったら、女雛と地図を紀州藩に売りこんで、百両や二百両はつかんでみせますから」

「三万両を丸ごと手にする気はないのか」

「ははは。人間は身の程を知らないと大火傷《おおやけど》しますからねえ」

苦六は立ち上がって、

「ここは風呂もありますから、用意させましょう。風呂が沸くまで、飲んでてください」

そう言って、座敷を出て行った。

「……おじさん」

二人きりになったお千は、不安げに一郎太の袖《そで》をつかんだ。

「おいらのこと、嫌いになった？」

三

「何を言ってるんだ、お千。どうして、俺がお前を嫌いになるんだ」

「だって……」お千は下を向いて、

「おいらは捨児《すてご》の上に、打ち首になった罪人の子孫らしいから……」

いきなり、一郎太は、男装娘を抱きしめた。

「馬鹿だなあ、お前」

一郎太は、お千の背中を撫でながら、

「そんなことは、今のお前とは何の関わりもないじゃないか。俺は、そんな理由でお前を嫌いになったりはしないよ。約束する」

今まで的場陣内のことを隠していたのは、そういうわけだったのか——と一郎太は胸の中で呟《つぶや》いた。

この娘は愛情に飢えているし、同時に、自分にひどく自信がないのだろう。親の愛情に恵まれず、様々な苦労を重ねた娘は、そのような性格になるのかもしれない。

「おじさん………」

細い腕を一郎太の胴体にまわして、お千は、ぎゅっと幼児のように抱きついて来た。彼女が顔を埋めた胸の辺りが、生温かくなる。泣いているのだろう。

「決めたぞ、お千」と一郎太。

「今、ここで、お前は俺のお嫁になるのだ」

「えっ」

お千は驚いて、涙に濡れた目で一郎太を見上げる。

「俺のお嫁になって、盗人《ぬすっと》稼業から足を洗うんだ。よいな」

男装娘の唇に、一郎太は、自分のそれを重ねた。

「ん……」

お千は、貪《むさぼ》るように舌を差し入れて来る。一郎太は舌を絡めながら、彼女の軀《からだ》を仰向《あおむ》けに横たえた。

接吻《せっぷん》しながら帯を解いて、藍色《あいいろ》の小袖《こそで》を脱がせる。黒い腹掛けも、だ。お千は軀を浮かせて、その作業に協力する。

両手で乳房を覆っているお千は、口を外して、

「お乳、小さくてごめんね」

「見せてくれるか」

「うん……」

男装娘は、ゆっくりと両腕を左右に投げ出した。皿を伏せたように薄い乳房で、乳頭は淡い紅色をしている。

「きれいな胸だぞ、お千」

そう言って、一郎太は右の乳房にくちづけをした。緊張のために硬く尖っている乳頭を、唇と舌先で撫でる。

「あ、ああ……」

その行為は、お千に甘い感覚をもたらしたようであった。一郎太は、右の乳房

を唇と舌で愛撫しながら、左の乳房を柔らかく揉みまわす。

それから、一郎太は左の乳房に唇を移動させると、右の乳房をつかむ。胸への愛撫を受けながら、お千の肌が紅潮して来た。目を閉じて、唇の間からかすかな呻《うめ》きを洩らしている。

一郎太は、右手を下の方へ滑らせた。黒の川並《かわなみ》の腰紐《こしひも》を解く。その意図がわかったお千は、尻を浮かせた。そのため、するりと川並を脱がせることができた。

これで男装娘のお千は、一糸《いっし》纏《まと》わぬ全裸になったわけだ。

一郎太の唇が、滑らかな腹部を滑り下りて、聖域へと向かう。無毛の秘裂は、処女であることを証明するかのように桃色をしていた。

男の唇がそこへ近づくと、

「秘女子は駄目だよ……おいら、お風呂に入ってないもの」

お千は羞恥《しゅうち》に身を捩《よじ》った。

前にも述べたが、秘女子――ＨＩＭＥＫＯは女性器の俗称である。

「いいんだ」

一郎太は、その桃色の亀裂に唇を押しつけた。舌先で、内部を探る。かすかに塩分を感じた。

「そ、そんな……ああんっ……はァっ」

亀裂の内部に収納されている薄い花弁だけではなく、その奥の花孔まで舌先で嬲《なぶ》られて、お千は喘《あえ》いだ。無意識のうちに、腰をくねらせる。

一郎太は、お千の下肢《かし》を広げさせた。そして、亀裂だけでなく、亀裂の下の蟻《あり》の門渡《とわた》りにまで舌を這《は》わせる。昨夜、指で行った愛撫を、今は舌先で行っているわけだ。

男の巧みな口唇《こうしん》愛撫によって、処女の聖地の奥から渾々《こんこん》と透明な秘蜜が湧き出して来た。その大量の秘蜜は亀裂から溢れて、背後の門まで濡らしてしまう。

背後の門には、放射状の皺《しわ》はない。針で突いたように小さな、赤っぽい孔《あな》があるだけであった。

亀裂の内部にあった花弁は、充血して厚みを増し、少しだけ左右に開いている。

その内部の粘膜は、薄桃色で真珠のような光沢があった。皮鞘《かわざや》の中に隠れていた女芯も、膨れ上がって露出している。

すでに、女体《にょたい》が男を受け入れる準備ができたと判断した一郎太は、袴《はかま》を脱いだ。下帯も外すと、軀をずり上げる。

すでに、彼の男根は隆々《りゅうりゅう》とそびえ立っていた。その先端を愛汁《あいじゅう》で濡れた亀裂にあてがうと、体重をかけて侵入した。

「……っっ！」

言葉にならぬ叫び声を上げたお千は、顎《あご》の裏を見せて仰《の》けぞった。

聖なる肉扉を引き裂いた石のように硬い肉根は、その半ばまで女門に没している。一郎太は、そこで腰の動きを止めた。処女の花壺は、素晴らしい締め具合であった。

「辛《つら》いか」

お千の瞼《まぶた》に接吻してから、一郎太は訊いた。

「ううん……大丈夫」

十八歳の男装娘は、健気《けなげ》に頭を横に振った。その目の端には涙が滲んでいる。

「おいら……おじさんの…お嫁さんになれたの？」

「うむ。お前は、大門一郎太の立派なお嫁だ」

「嬉しいよう、おじさんっ」

破華《はか》の疼痛《とうつう》も忘れて、お千は、男の太い首にすがりついた。

「よし、よし」

一郎太は、その頭を撫でてやる。そして、お千にくちづけしてから、

「もう少し痛むかもしれんが、辛抱できるか」

「うん……おいら、殺されてもいいくらい幸せだもん」

お千が、微笑《ほほえ》みながら言う。

一郎太は、静かに抽送《ちゆうそう》を開始した。男装娘の狭くて小さな女壺を傷つけないように気をつけながら、女殺しの巨根を抜き差しする。

十八歳の蜜壺の味わいは、まことに絶妙であった。

時間をかけるまでもなく、すぐに、一郎太の内圧は高まって来た。小刻みに肉根を出し入れして、一郎太は、玉冠《ぎよくかん》の周縁部を刺激する。

ついに、怒濤《どとう》の勢いで白濁した溶岩流が、何度かに分けて射出された。熱い液弾が、続け様《ざま》に奥の院を直撃する。

「ひァァァ……ァんっ」

男の分厚い肩に爪を立てて、お千は、躯を弓なりに反らせた。彼女も、初体験にして女悦の頂点を知ったのである。

しばらくの間、二人は死んだように動かなかった。お千の女壺だけが、不規則に痙攣《けいれん》して肉根を甘く締めつけていた。

「おじさん……捨てないでね」

目を開いて、お千が言う。実の親に捨てられたお千は、生まれて初めて愛して貞操を捧げた男に捨てられることが、何よりも心配なのだろう。

「捨てはせぬ。何があっても」

「本当？」

「本当だとも」

一郎太は、くちづけをした。

「こんな可愛いお嫁を、捨ててなるものか」

「もしも……」

お千は眩《まぶ》しそうに、男の顔を見つめる。

「おいらに飽きたり、嫌いになったりしたら……捨てるよりも、いっそのこと殺してっ」

そう言って、男装娘は情熱的に唇をぶつけて来た。二人の舌が争うように絡み合い、互いの唾液を吸う。

激情の嵐が過ぎ去ってから、一郎太は、座敷に備えつけの桜紙で後始末をする。

船宿は、時として男女の逢い引きにも利用されるので、このような始末紙が用意されているのだった。

身繕《みづくろ》いをした一郎太は、ふと、眉《まゆ》をひそめた。

「……………」

一郎太は、お千に目で合図をしてから、

「さて、と……燗酒《かんざけ》も冷めてしまったかな」

膳の上の燗徳利を取り上げる。

次の瞬間、出窓の障子を突き破って、影が飛びこんで来た。

第五章　女忍《くのいち》、出現

一

飛びこんで来たのは、海老茶色《えびちゃいろ》の袖無《そでな》し上衣を着て、同色の手甲《てっこう》と脚絆《きゃはん》をつけた者であった。

海老茶色の覆面をしているが、剝《む》き出しになった太腿《ふともも》の白さから、女だとわかる。

忍びの者――女忍であろう。背中に、反りのない忍び刀を背負っている。

その女忍は、畳の上で一回転してから、五方《ごほう》手裏剣を打とうとした。が、それよりも早く、一郎太《いちろうた》が投げた燗徳利《かんどくり》が、その額《ひたい》に命中した。徳利は、粉微塵《こなみじん》に砕ける。

「うっ……」

覆面の上からとはいえ徳利をぶつけられた女忍は、脳震盪《のうしんとう》を起こしかけたのか、手裏剣を取り落として片手を畳に突く。

一郎太は大刀を手にして、その女忍の急所に鐔《こじり》で突きを入れようとした。

その時、背後の襖《ふすま》を蹴り倒して、同じ格好の女忍が飛びこんで来た。忍び刀で、一郎太の背に斬りかかる。

「むっ」

振り向きながら一郎太は抜刀して、その忍び刀を弾き上げた。そして、大きく踏みこむと、二番目の女忍の脇腹に大刀の峰を叩きこもうとする。

だが、相手は鮮やかに後方回転して、その峰打ちをかわした。胯間にくいこんだ緋色《ひいろ》の女下帯《おんなしたおび》が、ちらっと見える。

隣の座敷でもう一回転すると、その女忍は、そこの窓の障子を破って逃げた。

それを追おうとした一郎太は、

「っ！」

背中に強い殺気を感じて、振り向いた。

ほぼ同時に、先ほど燗徳利をぶつけた女忍が、もう回復したらしく、手裏剣を打って来る。一郎太は、その手裏剣を弾き落とした。

「ちっ」

そいつは、飛びこんで来た窓から外へ身を投げる。

一郎太は、壁際に身を貼りつけると、残った障子窓の残骸を座敷へ叩き落とした。障子がなくなって視界が広がったので、用心しながら、下を覗いて見る。

窓の下は、大川に面した護岸の石垣と幅三尺ほどの地面がある。しかし、そこに女忍の姿はない。

「何と素早い奴らだ……」

最初の女忍が窓から飛びこんで一郎太に手裏剣を打つ、そこで手傷を負った一郎太を隣の座敷に忍びこんでいた二番目の女忍が背後から仕留める――という手筈《てはず》だったのだろう。

だが、飛びこむ前に、一郎太が殺気に気づいたので、女忍二人組の連携攻撃は失敗に終わったのだ。

「お千《せん》、無事か」

「だ、大丈夫……」

見ると、お千は頭に座布団を被って、座敷の隅に避難していた。

一郎太は、大刀を鞘《さや》に納めながら、

「それでいいのだ、お千。誰かが襲って来たら、安全なところまで退《さ》がっていろ」

「うん、わかった」

そこへ、階段を駆け上がって、苫六《とまろく》がやって来た。

「だ、旦那、何の騒ぎですかっ」

「刺客《しかく》に襲われた。二人組の女忍だよ」

「女忍……？」

一郎太は五方手裏剣を拾い上げて、苫六に見せた。

「珍しい形の手裏剣だな。伊賀の忍びは八方《はっぽう》手裏剣、甲賀は四方《しほう》手裏剣と聞いたが、五方手裏剣を使うのは、どこの忍びだろう」

苫六は、その星形をした手裏剣をしげしげと眺めて、

「昔、北条氏に仕《つか》えていた風魔《ふうま》一族は、五方手裏剣を使ったそうですがね」

「さすがに早耳屋《はやみみや》、博識だなあ」

「ご冗談を。辻講釈の軍記で聞いたんです」

苦笑した苫六は、すぐに真剣な表情になった。

「紀州藩の忍び者なら根来衆《ねごろしゅう》で、使うのは銛盤《せんばん》手裏剣のはずです。この五方手裏

剣の女忍は、誰に雇われて旦那を殺そうとしたんでしょうか」

　そう問われて、一郎太も考えこんだ。

「紀州ではないとして……すでに女雛《めびな》を手に入れた的場《まとば》陣内《じんない》が、わざわざ俺を殺そうとする理由はないだろう……と、いうことは」

「と、いうことは？」

「まだ俺たちの知らない、第三の敵がいるのかもしれんな」

「第三の敵……」

　お千が、一郎太の腕にしがみついた。

　惚れた男に抱かれて娘から女になった幸福感から醒めぬうちに、いきなり襲撃されたのだから、不安になるのも無理はない。

　腕利きの盗人《ぬすっと》として、並の男を凌《しの》ぐ身軽さとすばしっこさを身につけているお千だが、人殺しの修業をした女忍が相手では、歩《ぶ》が悪いのだ。

「実は、旦那」苫六は溜息《ためいき》をついて、

「今さっき、こっちにも悪い報《しら》せが入りましてね……深川の陣内の隠れ家を見張らせていた芳松《よしまつ》が、殺されました」

「誰にっ？」

「わかりません。袈裟懸《けさが》けにばっさり、かなりの腕前の奴らしいです」

「どうやら、三万両の奪い合いが起こっているようだな」

唸《うな》るように、一郎太は言った。

その争奪戦の決着がつかぬ限り、一郎太がお千と穏やかに暮らすのは不可能であろう。

「すると、今、俺たちが打つべき手は——」

二

「——監物《けんもつ》、どうする」

紀伊中納言治宝《はるとみ》は、心配そうに言った。

「例の女雛《めびな》を取り戻す手立ては、あるのか」

「はっ」

江戸家老の羽佐間《はざま》監物は、藩主の御前で平身低頭するばかりだ。

「藩士たちを総動員しているばかりではなく、出入りの町方与力を通じて、口の堅い御用聞きどもに捜索させております」

「それで、盗んだ者は捕まりそうか」

「早急に捕まえるべく、鋭意、努力しております。ただ……江戸は広うございますれば……」

「困ったことになったな。藩祖様も罪なことをなされた」

十代目紀州藩々主は、溜息《ためいき》をついた。

中納言治宝と羽佐間監物がいるのは、赤坂門内の紀州藩上屋敷、白書院《しろしょいん》である。小姓さえも遠ざけて、二人だけの密談であった。

立ち聞きを防ぐために障子をすべて開け放っているので、午後の柔らかな陽射しが斜めに座敷へ射しこんでいる。

紀州藩の代替わりは直系の嫡子ではなく、かなり入り組んでいる。

二十二歳の治宝は、八代藩主・重倫《しげのり》の次男だ。

先代である九代目藩主の治貞《はるさだ》は、六代目・宗直《むねなお》の次男である。治貞は、二十六歳の時に老中・松平乗邑《のりむら》の養子となって家督を継いだ。

しかし、四十七歳の時に、治貞は本家の紀州徳川家に養子の形で戻り、藩主となった。

治宝は、祖父の弟である九代目藩主・治貞の養子となった。そして、四年前の寛政元年——養父が死去したため、家督を継いだのである。

養父にして前藩主の治貞は、臨終の枕元に十八歳の治宝を呼ぶと、人払いをしてから女雛の秘密を打ち明けた。

「女雛の中に、藩祖頼宣《よりのぶ》公の直筆の文書が納められている。それには、叛徒《はんと》由比《ゆい》正雪《しょうせつ》に対して与えた三万両の隠し場所が書かれているが、暗号になっていて、わしの代では解き明かせなかった。そなたの代で解き明かして三万両を回収するか、それができなければ、次の代まで大切に保管するように」

言い終わると、それで安心したように、治貞は息を引き取ったのである。

代々の藩主と江戸家老だけに伝えられている、紀州藩最大の秘事であった。

治貞の葬儀が済んだ後に、治宝は羽佐間監物と二人だけになって、女雛のことだが——と切り出した。

「はい。わたくしも、父の今わの際に教えられました。これが、その女雛でございます」

監物は一刀彫りの女雛を治宝に見せて、その中から折り畳んだ紙を取り出した。

二人で智恵を出し合ったが、そこに書いてある暗号は解けなかった。

大名も旗本も、その台所は苦しい。大名は、裕福な商人から金を借りて、何とか凌《しの》いでいる。これを大名貸しという。だが、その借財が積もり重なって、数万両どころか数十万両になっている藩もあるほどだ。

御三家で五十五万五千石の大藩である紀州徳川家とて、例外ではない。

日本橋駿河町の呉服商〈越後屋〉は、「現金掛値無し」という商法で評判となり、駿河町のほとんどを店舗が占めるほどになった。

この越後屋を経営しているのが、日本有数の豪商・三井家である。

大名貸しを禁じている三井家だが、先祖が藩領の伊勢国松坂の出であることから、紀州藩にだけは特別に融資をしていた。

だがそれでも、年貢取り立てが厳しすぎて、領内の百姓が一揆寸前の騒ぎを起こしているような状況であった。

ここで三万両が手に入れば、大いに紀州藩の財政が潤《うるお》うのである。

しかし、叛徒への軍資金の隠し場所という内容なので、外部の智恵者に暗号の解読を依頼することもできないのだ。

結局、その文書は女雛の中に納められて、再び土蔵にしまわれることになった。

ところが、今年の桃の節句の準備の時に、納戸役《なんどやく》が間違えて、雛人形一式と一緒に一刀彫りの夫婦《めおと》雛も出してしまったのである。

それに気づいた治宝は、すぐに土蔵にしまわせようとした。だが、正室の種姫《たねひめ》がその夫婦雛を気に入ってしまったため、そのまま飾られることになった。

種姫は、十代将軍家治《いえはる》の養女で、田安徳川家の初代当主である徳川宗武《むねたけ》の五女であった。田安宗武は、九代将軍家重《いえしげ》の実弟で、家重の代わりに九代将軍に推されたこともある人物だ。

御三家ではなく、御三卿の一橋家の出の家斎《いえなり》が十一代将軍の座に就いたので、今では御三卿の権勢は非常に強くなっている。

そして、御三卿筆頭の田安宗武が溺愛《できあい》しているのが、種姫なのだ。その種姫の希望なので、治宝としても、無理に夫婦雛をしまうように命令するわけにはいかなかったのである。

「あの時、無理にでも女雛を蔵にしまっていれば……」

治宝は愚痴をこぼす。

「殿。それは、今さら申されても詮無《せんな》きこと。あの女雛の重要なことは、我ら二名より他に知る者はないのですから」

そう言って監物は、若い主君を慰めた。

「ううむ。それはそうだが……」

「ひとつだけ安堵できることがあるとすれば、あの暗号が容易《たやす》く解けるはずもないので、すぐに盗賊どもが三万両を手に入れるとは思えませぬ。それどころか、あの文書が女雛の中に隠されていることすら、気づかぬかもしれませんな」

「盗賊は女雛に三万両の文書が納められていると知って、盗んだのではないのか」

「それは考えられません。殿も、わたくしめも、一子《いっし》相伝《そうでん》の秘事《ひじ》でございますれば」

「それならよいが……」

その時、遠くから、「申し上げます、申し上げますっ」という声がした。白書院に近づくなと厳命されているので、取次の者が廊下の隅から呼びかけているのだ。

羽佐間監物は廊下へ出て、

「何事か。わしは、殿と大事な話をしておるのだぞ」

すると、取次役が近づいて来て、平伏し、

「ただ今、門前に、昨夜の盗賊の片割れという者が参っております」

「な、何だとっ⁉」

さすがの監物も、啞然《あぜん》とした。

三

上屋敷内にある広い武術道場の真ん中に、大門《だいもん》一郎太は正座していた。大刀は、害意はないという意思表示のため、軀《からだ》の右側に置いてある。

荒々しい足音とともに、鎖帷子《くさりかたびら》まで着こんだ戦闘支度の藩士たち十数名が、道場へ雪崩《なだれ》こんで来た。手に手に、抜身《ぬきみ》の大刀、鑓《やり》、長巻などを構えている。

彼らは、一郎太を遠巻きに取り囲んだ。それから、小柄で糸のように目の細い中年の藩士が入って来る。

「上屋敷用人、筧銀之丞《かけいぎんのじょう》であるっ」

その小男は、居丈高《いたけだか》な口調で叫んだ。

「うかうかとこの道場に入りこんだのが、貴様の運の尽きだ。もはや逃れることはかなわぬぞ、曲者《くせもの》め、神妙に討たれるがよいっ」

「大きな声を出すな、聞こえてるよ」

一郎太は、ゆったりと苦笑する。

「それより、早いとこ、お殿様に会わせてくれ」

「たわけっ」

　戦闘支度の年配の藩士が、叫んだ。

「貴様、よくも同輩を八人も打ち倒してくれたな。我らは皆、貴様にやられた者の友人や縁者だ。彼らの意趣返しに、貴様を膾《なます》に刻んでくれるぞっ」

「間の抜けたことを言うな」

　辛辣《しんらつ》に、一郎太が言う。

「自分から堂々と出頭して来た者を、寄ってたかって大勢で膾斬りにして、意趣返しになるのか。それが紀州徳川家の武士道か」

「む……………」

「そもそもの話だが、あんたらに大人しく斬られる俺ではないよ。怪我人が増えて骨接《ほねつ》ぎと医者が儲かるだけだから、やめておけ」

「脇差すら持たぬ貧乏浪人が、何を偉そうにほざくかっ」

　怒りのあまり、年配の藩士のこめかみに、蚯蚓《みみず》のように血管が浮かび上がった。

「あんたら程度の腕前の者を相手にするのに、脇差も大刀も要らないだろう。素手でも十分だよ」

「痴《し》れ者っ」

叫びながら、一間半《いっけんはん》の柄《つか》の鑓で右斜め後ろから突きかかって来た奴がいた。片膝を立てて腰を浮かせた一郎太は、軀を捻《ひね》って突きをかわした。かわしながら、その鑓穂の下を右の逆手でつかむ。

「ぬっ」

相手は、鑓を引こうとしたが、ぴくりとも動かない。さらに一郎太は、左手で柄をつかんだ。そして、

「ええいっ」

気合とともに、その鑓を左へ振る。

鑓を構えていた藩士の軀は、空樽《あきだる》のように軽々と吹っ飛んだ。その同輩を受け止める格好になった二人の藩士が、仰向《あおむ》けに倒れる。立ち上がった一郎太は、その手鑓を頭上で風車のように回転させると、

「それっ」

道場の隅の柱に投げつけた。その柱に、鑓は深々と突き刺さる。

「ほら、膾斬りは無理だと言っただろう」

にっと嗤《わら》って、一郎太は再び座りこんだ。

「む、むむ……」

包囲している藩士たちは、人間離れした一郎太の腕力を見せられて、腰が引けてしまった。

それに苛立《いらだ》った用人の筧銀之丞が何か怒鳴りつけようとした。その時、

「殿のお成り――」

近習《きんじゅ》の声がしたので、藩士たちは、あわてて座りこみ両手をつく。

そこへ、太刀持ちの小姓を連れた紀伊中納言治宝が、江戸家老の羽佐間監物と入って来た。

「こら、勝手な真似をいたすな。この者を、誰が斬れと命じたのかっ」

監物が一喝すると、銀之丞が顔を上げて、

「しかし、御家老…」

「しかしも案山子《かかし》もあるか、その方《ほう》どもは控えておれっ」

その間に、治宝は正面の師範席に座っていた。小姓がその斜め後ろに、監物は斜め前に横向きに座る。

藩士の一人が、柱に突き刺さっていた鐺を抜いて、道場の壁に掛けた。

一郎太は床に両手をついて、形だけは頭を下げている。

「直答《じきとう》を許す」治宝は言った。

「その方、盗賊の片割れだそうだな」

「いかにも」

一郎太は静かに言う。

「名は何という」

「大門一刀流開祖、大門一郎太」

「聞かぬ流儀じゃ」

「まだ出来立てでござりますれば。これから御府内を席捲《せっけん》し、いずれは天下に鳴り響く予定にございます」

そのぬけぬけとした大言壮語《たいげんそうご》に、

「ふうむ」

治宝は、興味深げな顔つきになった。

「一郎太とやら、なにゆえに出頭する気になったのだ」

「御当家との無益な争いをやめて、これ以上の怪我人を出さぬために、参りました」

「では……昨夜、中屋敷から盗み出した女雛《めびな》を持参いたしたというのだなっ」

治宝の顔が、喜びと安堵で輝く。監物も愁眉《しゅうび》を開いて、藩主と顔を見交わし合った。

「それについては――」

一郎太は、ひょいと大刀を監物の方へ放り投げた。驚きながらも、監物は胸元で大刀を受け止める。

「お人払いをお願いいたします」

一郎太は、監物と治宝の顔を交互に見て、

「ご心配なく。この通り、わたくしは身に寸鉄《すんてつ》も帯びてはおりません」

たとえ素手であっても、一郎太がその気になれば帯刀した相手を殺すことは可能であろう。

だが、中納言治宝と羽佐間監物は、無言で、うなずき合った。二人とも、一郎太の言動に、信用できる者だという印象を持ったのである。

「その方どもは退《さ》がれ。呼ばれるまで、誰も道場に近づいてはならぬ」

監物の一声で、戦闘支度の藩士たちは、不満げな顔つきで道場から出てゆく。用人の筧銀之丞も、太刀持ちの小姓も一緒である。

道場を出る時、銀之丞は一郎太に憎々しげに一瞥《いちべつ》をくれた。

残ったのは、治宝、監物、そして一郎太の三人である。

「まず、申し上げるが」と一郎太。

「わたくしは今、女雛を所持しておりません」

「何とっ」監物は驚いた。

「金を積んで買い戻せとでも言うのかっ」

「そうではない。まあ、一通り、わたくしの話をお聞きください――」

天狗小僧のお千が的場陣内という男から上手く口説かれて、紀州藩中屋敷へ忍びこみ、女雛を盗んだのだ――と一郎太は説明した。

さらに、盗み出した女雛は辻燈台《つじとうだい》に隠したが、それを陣内の仲間に奪われて、陣内は雲隠れ、その隠れ家を見張っていた男は斬殺された。そして、今日の午前中に二人組の女忍《くのいち》に襲われたことまで、一郎太は明かす。

無論、お千が大名家の子孫と言われた件や、早耳屋《はやみみや》の苫六が味方になっていることなどは、伏せておく。お千が一郎太に抱かれて女になったことなど、話せるはずもない。

「的場陣内の素性《すじょう》はわかりませんが、二人組の女忍の雇い主は陣内ではないと思う。なぜなら、すでに女雛を手にした以上、我らを殺す意味はないからです。すると、御当家と陣内、そして我ら以外にも、女雛の秘密を知っている者がいることになる。女忍を雇ったのは、そいつでしょう」

「……」

監物は、ひくひくと白い眉《まゆ》を上下させながら、黙って一郎太の話を聞いていた。

「ここまで話せばおわかりいただけたと思いますが、今となっては、御当家の方々が我ら二人を襲っても無意味です。当方は、女雛を持っておりません。そして、我らを殺しても、この一件の口封じをしたことにはならない。陣内一味と正体不明の敵が、女雛の秘密を知っているのですから」

「……」

「というわけで、御当家の秘密を口外せぬことを誓いますので、もう、我らを放って置いていただきたい」

「――理屈はその通りだが」

治宝が口を開いた。

「それでは家臣たちが承知すまい。何しろ、八名…いや、もう九名か。それだけの者が、その方によって怪我を負わされているのだからな」

「わたくしの方から、闘いを求めたことではありません。御家来衆が無体《むたい》にも、いきなり斬りかかって来たので、わたくしは身を守っただけです」

「女雛を盗んだ娘が、その方の道場に逃げこんだのだから、家臣たちが仲間と思いこんでも仕方なかろう」

「紀州様は」一郎太は微笑《ほほえ》んだ。

「家臣思いでいらっしゃいますなあ。かような名君に御奉公できる御家来衆が、本当に羨《うらや》ましい」

「ははは。その方は剣の腕前だけではなく、口も達者なのだな」

年若い藩主は、笑った。御三家の一人とは信じられぬほど気さくな人柄である。

「たしかに、紀州様の仰《おお》せにも一理あります。こちらが一方的に、女雛を盗んだことを不問にしてくれ——と申し上げても、難しいでしょう。ですから、ここで提案がございます」

「どのような提案か」

疑い深い眼差《まなざ》しで、羽佐間監物が問う。

「わたくしが、陣内から女雛と中の文書を取り戻して参ります。それで、盗難と御家来衆を打ち倒した件は、なかったことにしていただきたい」

「な、何だとっ」

監物は目を剝《む》いた。

「これは、御当家にとっても、悪い取引ではないと思います。御家来衆が街中で的場陣内の行方を捜しまわったり、陣内一味と斬り合ったりしたら、世間の耳目を集めて、大目付にも知れましょう。だが、わたくしならば一介の素浪人、どこでどんな騒ぎを起こしたところで、御当家の家名に傷はつきません。たとえ、殺されようとも。そうではありませんか」

「ふうむ……」

中納言治宝は考えこむ。

「しかし、一郎太」

監物が、首を突き出すようにして、

「お主、陣内の行方に心当たりがあるのか」

「今のところはありません。が、幸いなことに、わたしくも天狗《てんぐ》小僧のお千も、あちこちに手蔓《てづる》があります。下々《しもじも》の、そのまた下の手蔓、御法《ごほう》の裏に伸びている手蔓ですがね。正攻法ではないが、その手蔓を存分に使って、何としても突きとめて見せますよ」

ただのはったりではない。苦六の人脈を使えば何とか陣内の行方がつかめるはずだ——と一郎太は考えている。

「すでに陣内が三万両を見つけて、江戸から逃げ去っていたら、どうするのだ」

「天狗小僧が中屋敷から女雛を盗み出したのが昨夜で、それを陣内が入手してから、まだ丸一日も経っていません。御当家が数十年かかっても解けなかった暗号が、陣内たちに一晩で解けるとは思えませんが」

「それはそうだが……」

「ちなみに、どのような暗号ですかな」

ふん、と監物は鼻を鳴らして、

「お主にも解けまいよ」

「なるほど、御家《おいえ》の大事な秘密を教えろと言う方が無理でしたな。これは御無礼を」

一郎太は、軽く頭を下げる。

「よし。決めたぞ、監物」治宝が言った。

「この者に、女雛の奪回を任せよう」

「殿、それは……」

「ただし、本当に任せるに足る腕前かどうか、たしかめてからじゃ」

第六章　秘剣破り

一

大門一郎太《だいもんいちろうた》の腕試しをする——という紀伊中納言治宝《はるとみ》の言葉に、江戸家老の羽佐間監物《はざまけんもつ》が、

「そうしますと、誰を立ち合わせまするか」

「伊村半兵衛《はんべえ》はどうかの」

「あ、なるほどっ」

膝を叩いて、監物は大きくうなずいた。手を叩いて近習《きんじゅ》が来ると、伊村半兵衛を呼ぶようにと命じる。

「のう、一郎太」

監物は、楽しげな口調で言う。

「伊村半兵衛は、当藩に数多くいる兵法《ひょうほう》指南役でも、三指に入るほどの強者でな。木刀での立合であっても、負ければ命を取られる覚悟がいるぞ。これまでに、当家に兵法指南役として仕官を望む武芸者と十数度も立ち合《お》うて、これをすべて叩き伏せておる。諦めて帰るのなら、今のうちだ」

「わたくしも兵法者の端くれですから、いつ、どこでも、死に果てる覚悟はしております」

何の気負いもなく、一郎太は言った。誰かと勝負をさせられるだろう——と、一郎太は最初から覚悟して来たのである。

「そうか。その覚悟があるなら、結構」

そこへ、早くも伊村半兵衛が入って来た。

年齢は四十一、二。中肉中背だが、顎《あご》が張って、幅の広い撫肩《なでがた》である。厳しい修業で鍛え抜いた体軀《たいく》であることは、一目でわかった。

「殿、お呼びにより参上仕りました」

すでに半兵衛は、襷掛《たすきが》けで袴の股立《ももだ》ちを取っていた。道場の近くの部屋で、一郎太膾《なます》斬《ぎ》りの加勢のために待機していたのだろう。

「半兵衛、この者と立ち合ってみよ」

「承知仕《つかまつ》りました」

伊村半兵衛は、一郎太の左側に座る。

「心形刀流《しんぎょうとうりゅう》、伊村半兵衛。殿の仰《おお》せにより、貴殿と立合をいたしたいが、お受けくださるか」

「大門一刀流、大門一郎太。立合、承知した」

立ち上がった一郎太は、

「木刀でも真剣でも、御随意に」

不敵に言う。半兵衛は微笑して、

「貴殿ほどの腕前であれば、真剣でも木刀でも変わりはあるまい」

壁に掛けてある木刀を手に取ると、ひゅっと軽く素振りをする。一郎太も木刀を手にして、何度か素振りをしてみた。

「では――」

半兵衛は、藩主治宝を左にして、木刀を正眼に構えた。それに相対して、一郎太は治宝を右にし、木刀を構える。こちらも、正眼である。

「…………」

「…………」

両者は二間《にけん》の距離を置いて、相《あい》正眼で対峙した。

「えぇいっ」

伊村半兵衛が、素晴らしい気合を発する。

「おうっ」

一郎太も、聞く者の腸《はらわた》まで響くような気合を発した。

互いの闘気が膨れ上がって、広い道場の中が息苦しいほどになる。

突然、半兵衛が一気に間合を詰めて来た。正眼から大上段に振りかぶった木刀を、裂帛《れっぱく》の気合とともに、一郎太の右肩めがけて振り下ろす。右袈裟懸《みぎけさが》けである。

一郎太は、軀《からだ》の右側に木刀を立てて、これを受け止めた。がっ、と凄まじい激突音がする。

受け止めたと見るや、一郎太は右足を斜め前に出して、相手の木刀を押さえこみつつ、半身となった。そして、さっと木刀を振り上げて、半兵衛の左の肩口に木刀を振り下ろす。

素早く右斜め前に軀を移動させることで、半兵衛は、その左袈裟懸けをかわした。かわして、するすると後退した。

両者は元の位置に戻って、再び、相正眼となる。

焦《こ》げくさい臭いが、道場に漂っていた。激突した時の摩擦で、双方の木刀の接触部分が焦げてしまったのだ。

「むむ……」

治宝は拳《こぶし》を握って、身を乗り出していた。監物の方は、あまりの迫力に、見ているだけで汗だくになっている。

半兵衛の木刀が、正眼から上段に変化した。

「………」

一郎太は正眼のまま、微動だにしない。

ややあって、前と同じように、半兵衛は一気に間合を詰めて来た。上段から大上段へと、木刀を振りかぶる。

次の瞬間、その半兵衛の姿が、一郎太の視界から消失した。

半兵衛は、右足を大きく踏み出して膝を折り、地を這《は》うように体勢を低くしたのである。そして、床すれすれに振り下ろした木刀を、右手だけで水平に振るったのだ。

半兵衛の必殺技、脛《すねぎ》斬りである。

藩主治宝も江戸家老の監物も、半兵衛が脛斬りで、仕官志望の幾多の武芸者を倒してきたのを見ている。

片手薙《な》ぎの脛斬りに対処する方法は、二つだけだ。

ひとつは、跳躍して木刀をかわし、空中から相手に斬り下ろすというものだ。しかし、跳躍してからの斬りこみは、体勢が崩れやすい。さらに、半兵衛ほどの達人になると、相手が跳躍したと見るや、手首を返して空中にいる敵を斬り上げることも可能なのだ。

二つ目の対処法は、木刀を床に垂直に立てるようにして、半兵衛の木刀を十字に受け止めるというもの。

だが、その場合、手首を捩《ねじ》ったような不自然な構えになるため、半兵衛の鋭い片手薙ぎを受け止めることは難しい。力負けして払われるか、何とか止めたと見えても木刀を折られる可能性が高いのだ。

したがって、跳躍しても、垂直にした木刀で受け止めても、半兵衛の次の攻撃を避けることは不可能に近い。

半兵衛が脛斬りを繰り出した瞬間、治宝も監物も、一郎太の敗北を確信していた。

が――一郎太は、治宝も監物も、そして半兵衛も想像しなかった行動に出た。

相手が消えた瞬間、半兵衛の姿を目で捜すよりも早く、一郎太は左足で踏みこんで半身になりながら、その膝を深く折ったのだ。

そして、木刀を半兵衛の右腕に振り下ろしたのである。

「っ⁉」

弧を描いていた半兵衛の木刀が、ぴたっと停止した。一郎太の木刀も、半兵衛の右腕の上で、ぴたりと止まる。

少しの間、二人は、時間が停止してしまったかのように、そのままの姿勢でいた。

「まさか……」

監物が絞り出すような声で言った時、半兵衛が静かに木刀を引いた。一郎太も、そっと木刀を引く。

二人は元の位置に戻ると、木刀を左手に持ちかえて、軽く礼をした。

「――――」

呼吸をすることを忘れていた治宝が、長々と息を吐き出す。

「相討ちですな」

一郎太が言った。

「いや――拙者の負けでござる」

顔を伏せた伊村半兵衛が、かぶりを振る。

「拙者の木刀が貴殿の足に届くよりも先に、貴殿の木刀は拙者の右肘《みぎひじ》を微塵《みじん》に砕いていたはず。さすれば、拙者の木刀が貴殿の右足に当たったところで、掠《かす》り傷すら負わせられぬことは、明白。完敗いたした」

淡々と言ってから、半兵衛は目を上げて、

「ひとつだけ、伺いたい」

「どうぞ」

「拙者の脛斬りは、未《いま》だ嘗《かつ》て破られたことがなかった。それというのも、まさか、大上段から脛斬りへ転ずるとは、誰も予想し得ないからだ。しかし、貴殿は、脛斬りが来ることを知っていたように見える。でなければ、あれほど早く、脛斬りに対処できるわけがない」

「……………」

「なぜ、脛斬りが来ると読めたのであろうか」

「読めたわけではありません」

一郎太は微笑した。

「しかし、貴方《あなた》ほどの境地にある剣術者が、二度続けて大上段になったのが、気にかかった。それが誘いだとすると、狙いはその逆、つまり、下段か低い横薙ぎ、そう思ったのです。変化を見てからでは間に合わないので、私は、脛狙いの横薙ぎに賭けて、それへの対処を考えました」

「……」

「たまたま、その賭けが当たっただけですよ。もしも賭けが外れていたら、今ごろは私は戸板に乗せられて、門の外へ運び出されていたでしょうな」

「うむ……拙者には慢心があったようだ。よい修業をさせてもらった。この通りだ」

半兵衛は深々と頭を下げてから、治宗に向かって正座し、木刀を背後に置く。そして、両手をついて、

「殿、不甲斐ない立合をお見せいたしまして、まことに申し訳もございませぬ」

平伏する。

「いや、眼福《がんぷく》であった」と治宝。

「真の武芸者の勝負というものを見せてもらい、余も大いに得るところがあった。半兵衛、これからも精進して、我が家臣たちを鍛えてやってくれ」

「ははっ」

藩主のねぎらいの言葉に感激を露《あら》わにして、伊村半兵衛は退出した。

木刀を壁に返した一郎太は、再び、治宝の正面に正座している。

「その方《ほう》の腕前は、よくわかった。女雛《めびな》と文書の奪回を、その方に頼むことにしよう」

「ありがとうございます」

一郎太は、治宝に向かって丁寧に頭を下げてから、

「つきましては、お願いがございます」

「何だな」

治宝は微笑を浮かべて、尋ねる。

「はい。五十両、無心させていただきたい」

二

「――まったく、驚いた男だ」

玄関まで大門一郎太を送りに来た羽佐間監物は、ぶつぶつと愚痴をこぼす。

「身ひとつで乗りこんで来ることさえ無茶なのに、殿に金子《きんす》まで所望するとは。殿が寛大で慈悲深い御方《おかた》であったから、助かったのだぞ。本来なら、当家の家臣どもで総掛かりしてでも、お主を討ち取るところじゃ」

無一文では女雛捜しもできない——と一郎太が言うと、治宝は笑いながら「五十両を渡してやれ」と監物に命じたのであった。今、紙で包んだ二十五両が二つ、一郎太の懐《ふところ》に納まっている。

そして、一郎太の周囲には、厳しい視線を向ける十数名の藩士がいた。

「よくわかっております」

大刀を受け取った一郎太は、それを左腰に差してから、

「ところで、御家老。ついでと申しては何ですが、門まで送っていただけますかな」

「何だとっ」

監物は、癇癪《かんしゃく》を起こしそうになった。

「お、己《おの》れは、どこまで増長いたすかっ」

「——御家老」

一郎太は声を低めて、

「ここから門までの間に、血迷った方々が襲って来たら、わたくしとしては身を守るために刀を抜かざるを得ません。それでも、よろしいのですか」

「む、むむ……」

眉毛《まゆげ》をせわしなく上下させて監物は唸《うな》っていたが、周囲の藩士たちの様子を見て、これ以上の揉め事が起こると困る──と判断したのだろう。

不承不承《ふしょうぶしょう》という態度で、一郎太と連れだって玄関から表へ出る。藩士たちは、玄関からそれを見送った。

玄関から表門へ行く中ほどまで来たところで、一郎太が、

「ところで、御家老。あの女雛は毎年、節句の時に飾るものなのですか」

「いや。中屋敷の納戸《なんど》役《やく》の小堀佐兵衛《こぼりさへえ》が勘違いして、蔵から出してしまったのだ。佐兵衛は今、この上屋敷で謹慎させておる」

「なるほど……たまたま勘違いで蔵から女雛を出したら、たまたま盗賊が入って盗み出した──都合のよすぎる偶然ですな」

「え……」

監物は、思わず立ち止まった。

「お主、小堀佐兵衛が的場某《なにがし》に内通していたと申すのかっ」

「その真相は、御当家が調べるべきことですな」

「しかし、左様なことが……ん？」

まじまじと、監物は一郎太の顔を見た。

「それを言うために、わざと、わしをここまで引っぱり出したのか」

「まあ、そんなところです。藩士の方々には、聞かれたくない話ですから」

一郎太が答えた時、

「御家老っ」

玄関の方から走って来た藩士がいた。血相を変えている。

「御家老、大変ですっ」

「何を騒ぐか、見苦しい。紀州藩の武士は、どのような大事が起ころうとも、泰然自若《たいぜんじじゃく》としておるのが御家《おいえ》の流儀…」

「小堀佐兵衛が自害いたしましたっ」

「な、何っ⁉」監物は目を剝《む》いて、

「左様な一大事は、もっと早く言わぬかっ」

「申し訳もございませぬっ」

「しかし……佐兵衛の大小は取り上げて、丸腰で謹慎させていたはずではないかっ」

「それが、どうも、小堀は剃刀《かみそり》を隠し持っていたようで……その剃刀で喉を、すっぱりと。座敷は血の海です」

「むむ、む……ともかく一大事じゃっ」

あわてふためいて、その藩士と一緒に玄関へ駆け戻る監物であった。

苦笑してそれを見送った一郎太は、

（俺が乗りこんだら、ほどなくして納戸役が自害……どうも都合のよすぎる展開だな）

表門の方へ、ゆっくりと歩き出す。

（問題は、誰にとって都合がよいか――だが）

三

谷中《やなか》の七面坂の先、妙祐山宋林寺《みょうゆうざんそうりんじ》に隣接する下駒込村には、巣鴨の長池を源として不忍池《しのばずのいけ》に入る川が流れていた。

この南北に流れる川で螢《ほたる》の幼虫が育ち、季節になると螢の群れ飛ぶ名所となる。

それで、川の名を螢川という。そして、この辺り一帯は螢沢《ほたるざわ》と呼ばれていた。

大門一郎太が、螢川の畔《ほとり》に建つ一軒家に戻ったのは、夕方近くであった。相当に古い家だが、四間に台所、そして風呂も付いている。

六畳の寝間には、押し入れが付いている。その寝間へ入った一郎太は、

「――出て来てもいいぞ」

大刀を左腰から抜きながら、そう言った。

さっと押し入れの襖《ふすま》が開いて、中から天狗小僧のお千《せん》が飛び出して来る。

「寂しかったよう、おじさんっ」

男装娘は、一郎太の太い首にかじりついた。

「よし、よし」

大刀と小判の包みを座敷の隅に置いた一郎太は、どっかりと畳の上に胡座《あぐら》を掻いてお千を横抱きにする。そして、唇を合わせた。お千は、夢中で舌を絡めてくる。

ここは、お千の家であった。

十八年前に、柳原土堤《やなぎわらどて》の柳森稲荷の境内に捨てられていたお千は、為造《ためぞう》という老爺《ろうや》に拾われた。螢沢の一軒家に住む為造は、近所の百姓の女房に貰い乳をしな

がら、お千を育て上げたのである。

為造は表向きは彫金師《ちょうきんし》として暮らしていたが、その実、十六夜《いざよい》の為造という渡世名《ふたつな》を持つ独り盗賊であった。そのことは、お千にも直隠《ひたかく》しにしていた。

ところが、お千は、幼い時からすばしっこくて身軽で、高いところも怖れないという少女であった。最初のうちは、面白半分にお千に盗賊術のいろはを教えていた為造であったが、そのあまりの才能の豊かさに、ついに自分の後継者にする決心をした。

こうして、月の障《さわ》りを見るようになった十三、四の頃には、お千は、盗賊として一流の技術を身につけていたのである。

その頃、為造は長年の無理が祟《たた》ったのか、病気がちで寝こむようになった。貯《たくわ》えも、薬代に消えた。そのため、お千は、男装の娘盗賊として仕事を始めたのである。

為造は昨年の夏が越せずに息を引き取ったが、家だけは残った。それで今は、お千が一人で住んでいたのだった。

一郎太が紀州藩上屋敷に交渉に行っている間に、何者かの襲撃があるかもしれないので、お千は寝間の押し入れに隠れていたのだ。

為造の工夫で、押し入れの天井の隅から簡単に天井裏に上がれるし、天井裏から台所の方へ逃れられるようになっている。一流の盗人《ぬすっと》であるお千は、軋《きし》む音など立てずに、天井を自由に這《は》いまわることができるのだ。

ちなみに、螢沢は町奉行所の管轄の境界である墨引《すみびき》に近く、西側には日光御成《おなり》道《みち》が通っている。為造は、町方が捕縛《ほばく》に来た時に、すぐに逃げられるように、この地を選んだのかもしれない。

いずれにしても、床の隅から雑草が生えている一郎太の道場とは、比べものにならないほど快適な住居であった。

「……紀州藩との話し合いは上手くいったんだね」

唇を外したお千が、興奮に目を潤《うる》ませて言った。

「ああ。探索の費用として、五十両、無心してきたよ」

「おいらね、おいら……お風呂に入って、きれいにしたから」

羞《はず》かしそうに、お千は言う。

船宿で処女の貞操を一郎太に捧げた時には、前の晩に風呂に入っていないことを恥じたお千である。今は清潔だから抱いて欲しい――という意味であろう。

「うむ」

一郎太はうなずくと、男装娘の耳に口を寄せて、

「では、たっぷりと秘女子を舐めてやるからな」

わざと露骨な言い方をする。この男装娘が、可愛くて可愛くて仕方がない一郎太だ。

「馬鹿ァ……」

お千は真っ赤になって、身を捩《よじ》った。

一郎太は、また男装娘に接吻《せっぷん》をする。互いの舌を貪《むさぼ》り合いながら、一郎太はお千の川並《かわなみ》の紐を解いた。そして、黒の川並を脱がせる。

十八歳の無毛の下半身が、剝《む》き出しになった。

「お千、両足をこうして――そうだ」

一郎太は、お千の頭を畳に落として、その背中を胡座の上に乗せた。そして、深く両足をかかえこませる。

若々しい柔軟な肢《し》体《たい》は、膝が胸に密着して二つ折りになった。

お千の臀《しり》が天井を向いて、女器と後門が丸見えになる。女器は桜色で、後ろの排泄孔《はいせつこう》は赤っぽく窄《すぼ》まっていた。

男装の娘が小《こ》袖《そで》を着て黒の腹掛けをしたまま、下半身だけが裸になっているの

で、全裸よりも扇情的《せんじようてき》で淫《みだ》らな光景であった。

「みんな見えてるんだろ……羞かしい、羞かしいよぅ……」

身悶《みもだ》えするお千だが、愛《いと》しい男に排泄孔まで見られているという羞恥心が、逆に性的な興奮を喚起しているらしい。

その証拠に、まだ愛撫もしていないのに、無毛の亀裂には透明な秘蜜が湛《たた》えられていた。亀裂の始まりに位置する肉の真珠は膨張して、皮鞘《かわざや》から露出している。

一郎太は、処女を喪失したばかりの花園に、唇をつける。

「あ……」

お千は、か細い叫びを発した。

男の舌は、薄い花弁をくすぐり、その奥の花孔の内部にまで侵入する。その愛撫によって、さらに多くの秘蜜が湧き出した。

一郎太はわざと大きな音を立てて、その愛汁《あいじゆう》を啜《すす》りこんだ。

「ひいィイ……ァアっ」

悲鳴のような声を上げて、お千は、幼児のように顔を左右に振る。

厭《いや》がっているのではない。あまりにも強い快感に、男装娘は我を失っているのだった。さらに、一郎太は、膨れ上がっている肉の真珠に軽く歯をあてる。

「やんっ」

電撃のような快感が走ったらしく、お千は身をくねらせた。

一郎太が、唇と舌による女器への愛撫と愛汁の吸引を繰り返すと、お千は押し寄せる悦楽の波によって、乱れに乱れた。

さらに、一郎太は、蟻《あり》の門渡《とわた》り――会陰《えいんぶ》部を舐めまわしながら、背後の門の周囲を舌先で円を描くようになぞった。

お千の喉が、ひゅっと短く鳴った。

これまでとは違う未知の快感に、反射的に息を吸いこんでしまったのである。

何度か舌先で円を描いてから、一郎太は、窄まった排泄孔を、ちょんと突ついた。

「きひィっ」

びくんっ、とお千の軀《からだ》が震える。

「そこだけは駄目……汚いから……」

喘《あえ》ぎながら、男装娘は言う。

「惚れた女の軀に、汚い場所なぞあるものか」

一郎太はそう言って、丸めた舌先を十八歳の排泄孔の内部に侵入させる。

「く、ァァァ……ァあっ」

軀をくねらせながら、お千は奇妙な叫びを洩らした。

その究極の愛撫によって、濡れそぼっていた花園が、さらに秘蜜を溢れさせる。

一郎太は、袴《はかま》の前の無双窓《むそうまど》から、屹立《きつりつ》した巨砲を露出させた。そして、お千の上体を引き起こす。

軽々とその腰を持ち上げると、濡れそぼった花園に巨砲の先端を密着させた。

そして、対面座位で真下から女門を貫く。

「───んんぅっ」

二度目の結合は、初回ほどの痛みがなかったらしい。眉間《みけん》に皺《しわ》を刻みながらも、お千は、一郎太の首に両腕を絡める。

胡座を掻いた一郎太の上に、M字型に下肢《かし》を開いたお千が乗っかっている格好だ。

「深すぎはせぬか、どうだ」

「だ、大丈夫……みたい」

初回のように正常位で結合した時よりも、座位の方が、男根が深々と挿入されるのであった。

「まだ、二度目だからな。痛みがあったら、我慢しなくてよいのだぞ。いいな」

「うん……」

こっくりとうなずいたお千は、唇を突き出して接吻を求めた。一郎太が、それに応えると、自分の排泄孔の内側まで舐めた舌であるにもかかわらず、お千は強く吸う。

男装娘の臀の双丘《そうきゅう》を、一郎太は両手でつかんだ。お千に濃厚なくちづけを続けながら、ゆるゆると穏やかに一郎太は腰を使う。

最初の時のような強《こわ》ばりが抜けて、無心に男根を締めつけるお千の肉襞《にくひだ》の味わいは、最高であった。

お千もまた、嵐のような興奮と苦痛と女悦《にょえつ》の複雑な坩堝《るつぼ》となった初体験の時に比べれば、花孔を巨根に貫かれる快感を噛みしめる多少の余裕がでてきたらしい。

「はァんっ……ひぅうっ……ぶっといお珍々が、おいらの中を擦ってるぅう……」

一郎太の分厚い胸板に、腹掛けに包まれた乳房を押しつけるようにして、お千は忙《せわ》しなく喘ぐ。

急に、左右の踵《かかと》を畳に押しつけて突っ張りながら、背中を反らせた。肉壺も、きゅーっ……と締まるので、一郎太は腰の動きを止めた。

そして、ぐったりとなったお千の顔を覗きこむ。

「逝《い》ったのか、お千」

「え……」

ぼんやりと半目を開けた男装娘は、

「今のが……逝くってことなの」

舌をもつれさせながらも、問い返す。お千の瞼《まぶた》も頬も、赤く染まっていた。

「そうだ。これから、抱かれる度に、もっともっと気持ちよくなるぞ。俗に、女は男の三十六倍も深い快楽がある――というからな」

まだ吐精に至っていない一郎太は、答えた。

「そしたら……おじさん、牝犬《めすいぬ》にして」

「ん？」

「おいらを手籠《てごめ》にするふりをした時、言ったじゃないか。後ろから前から姦《や》りまくり責めまくって、俺なしでは生きてゆけぬ牝犬に仕立て上げてやる――ってさ」

お千が言っているのは、昨夜、紀州藩士たちを誘い出すために、道場でお千を無理矢理に犯す芝居をした時のことであった。

「犯して。お嫁さんになったんだから、おいらを牝犬みたいに荒っぽく突きまくって」

蕩《とろ》けてしまいそうな口調で、お千はせがむ。

「泣いてもしらんぞ」

「泣いてもいい……泣いてみたいの、泣かせてっ」

被虐《ひぎゃく》の悦びに目覚めたかのように、お千は異様に昂《たか》ぶった声で言った。

「よかろう――」

一郎太は、お千の細い胴をつかむと、その軀をぐるんと半回転させる。

「え、ひゃァァ……ァん、んぅうっ」

巨砲を締めつけている花壺がよじれながら肉襞が摩擦される不可思議な快感に、お千は、文字で表すことが困難なような悦声《よがりごえ》を洩らした。

そして、両膝をついて臀を高々と持ち上げ、片頬を畳に押し当てた牝犬の姿勢になる。

後ろ取り――後背位であった。

一郎太の方は、片膝立ちの姿勢で男装娘の臀肉を鷲《わし》づかみにしていた。犬這いの男装娘を、背後から犯す。

腰を引き、長大な肉根のくびれのところまで後退させて、それから前進して根元まで深々と挿入する。

熱く濡れた女壺の奥の院を、丸々と膨れ上がった玉冠部《ぎょくかんぶ》が突くのだ。

「どうだ、お千。牝犬のように四ん這いで犯される気分は」

悠々と腰を使いながら、一郎太は尋ねる。

「い…いいっ、もっと……もっと乱暴にして……おいらの秘女子を滅茶苦茶に犯してっ」

お千は、喚《わめ》いた。

じゅぷっ、じゅぽっ、じゅぷっ……卑猥《ひわい》な抽送音《ちゅうそうおん》を立てて、凶暴なほど黒光りする巨根が瑞々《みずみず》しい桜色の花園に出没する。

一郎太は、同じ直線運動だけではなく、不規則に、回転運動や進入角度の変更なども行って、多彩に責めた。

やがて、線香が一本燃え尽きるほどの時間が経過して、汗まみれになったお千は、絶頂に昇りつめる。

「うぅ…あああァァ……ァっ！」

きちきちと女壺が巨根を締めつけた。

それと同時に、一郎太も大量に放つ。熱湯のように熱い聖液が、勢いよく射出されて奥の院に叩きつけられた。

一郎太は、とっくりと、半ば失神した男装娘の蜜壺の収縮を味わう。そこは、独立した生きものであるかのように、ひくひくと蠢《うごめ》いていた。

それから、一郎太は、手拭いでお千の背中や首筋の汗を拭き取ってやった。

そして、男根を抜き取るために、後始末用の桜紙に手を伸ばそうとすると、

「駄目ぇ……抜かないで」

気怠《けだる》げに目を開いたお千が、蜜をかけたように甘ったるい声で言った。

「このままで……何度でも犯してくれなくちゃ、ヤだ……」

第七章　女《おんな》　罠《わな》

一

「あっ」

右腕を引っぱられたお玉《たま》は、そのまま畳の上に引き倒された。

「へへへ。お玉、この辰五郎《たつごろう》様が味見してやるぜ」

その上に伸し掛かったのは、口入れ屋〈川口屋〉の主人の辰五郎である。

大兵肥満《だいひょうひまん》、僧侶でもないのに頭を青々と剃り上げた辰五郎は、実は〈海坊主〉の異名を持つ、やくざの親分であった。

「やめてください、旦那さんっ」

十五歳の女中は、主人の巨体を押しのけようとするが、重すぎて無理であった。

そこは、橋本町にある川口屋の奥の座敷だ。大門一郎太《だいもんいちろうた》が、紀州藩中屋敷を訪ねた日——その宵《よい》の口である。

新参者のお玉は「そろそろ晩酌の御膳を持って来て、いいでしょうか」と訊きに来て、辰五郎に襲われたのであった。

「遠慮すんなよ。まだ、生娘《きむすめ》なんだろうが。俺が新鉢《あらばち》を割ってやらァな」

新鉢とは、正確には〈まだ一度も使用していない擂鉢《すりばち》〉を指す。だが、この場合は俗語で、〈処女の性器〉とか〈処女膜〉を意味する。つまり、「新鉢を割る」とは、「処女の性器に挿入する」という意味だ。

廊下に面した障子を開け放してあるから、この騒ぎは家中の人間の耳に達しているはずだが、誰も駆けつけたりしない。辰五郎が新しく来た女中を犯すのはいつものことなので、誰も驚かないのであった。

「厭《いや》っ、助けてぇっ」

必死で抵抗しながら悲鳴を上げるお玉の口を左手で押さえて、辰五郎は、にやにやと嗤《わら》いながら、

「おう。活きのいい娘ほど、姦《や》り甲斐、嬲《なぶ》り甲斐があるってもんだ。もっと、暴れてみな。へへへ」

分厚い唇の間から舌を伸ばして、お玉の首筋を舐め上げようとした時、

「——親分」

廊下の方から、遠慮がちに声をかけて来たのは、代貸《だいがし》の富蔵《とみぞう》であった。

「馬鹿、気をきかせろっ」

辰五郎は怒鳴りつけた。

「俺は取りこみ中だっ」

「それが、親分」急《せ》きこんで、富蔵が言う。

「麹町《こうじまち》の筧様《かけい》がお見えになったんで」

「あ、そいつを早く言わねえかっ」

お玉の上から離れた辰五郎は、急いで身繕《みづくろ》いする。主人の毒牙から解放されたお玉は、襟元《えりもと》も裾《すそ》も乱れたまま、転げるようにして台所の方へ逃げ出した。

そこへ、富蔵に案内されて来た小男は、紀州藩上屋敷用人の筧銀之丞《ぎんのじょう》であった。

川口屋は紀州藩の江戸屋敷に人足を斡旋《あっせん》しているので、辰五郎と銀之丞は懇意にしている。人足への報酬を中抜きして山分けするなど、悪党同士の関係だ。

「相変わらず盛んなことだな、親分」

逃げ出すお玉の後ろ姿を見送りながら、銀之丞は座敷へ入る。

「こりゃ、どうも」

座布団を裏返して銀之丞に勧めると、辰五郎は下座に座った。

「まあ、親分の生娘狂いも悪いことではない」

大刀を右側に置いて、銀之丞は座布団に腰を下ろす。

「唐土《もろこし》の賢人も、生娘を抱くと寿命が延びる——と言ってるそうだからな」

「ほう、唐土の偉い人がおっしゃいましたか……へへえ」

感心して辰五郎が聞いていると、

「ただし」

銀之丞は、にっと嗤った。

「接して洩らさず——生娘を抱くのはよいが、吐精してはいかんそうだ。吐精すると、長寿の効果がなくなる」

「そ、それじゃあ、何にもなりませんや」

辰五郎は、お菓子を取り上げられてべそをかいた子供のような顔つきになる。

「うむ。我ら凡人には無理なことだな」

そう言ってから、銀之丞は真面目な口調になって、

「実は、辰五郎。お前に頼みがあって、やって来た」

「あっしでお役に立つことでしたら、何なりと」

辰五郎も色事を忘れて、表情を引き締める。

「うむ。で、腕の立つ女はおらんか」

「腕の立つ女……？　男の人斬り屋じゃいけませんので？」

「それが、始末すべき相手は怖ろしく強い浪人者でな。正面から力押しでは、倒すのは難しい。だが、色仕掛けなら、どうにかなりそうなのだ。だから、女の殺し屋が所望だ。殺し料は三十両、出そう」

銀之丞は、白扇《はくせん》でこめかみを叩きながら、

「顔の広い親分なら、見つかると思ったのだが」

「おります」辰五郎は断言した。

「ちょうど、うちに草鞋《わらじ》を脱いだ般若《はんにゃ》のお嵐《らん》という女やくざがいましてね。これが、高崎の出入りで、女ながら敵方の奴を三人も叩き斬ったという凄腕《すごうで》でして。その三人のうち、二人は重傷で長脇差《ながどす》を持てない軀《からだ》になり、一人はくたばりました」

「ふうむ」銀之丞は感心する。

「やくざとはいえ、三人もの男を斬るのは容易ではない。腕はたしかのようだが……やはり、熊か狒々《ひひ》のような凄い顔の女ではないのか。そのような面相では、色仕掛けは難しいだろう」

「ははは、それが逆なんで。これが滅法、美《い》い年増《としま》でしてね。たしか、年齢は二十五だったはずです。女としちゃあ、熟れ盛りですね」

「何だ、親分のお手つきか」

「いえいえ、とんでもございません」

辰五郎は、大きな右の掌《てのひら》を左右に振った。

「親分無しの乾分《こぶん》無しという旅鴉《たびがらす》だが、えらく身持ちの固い女でしてね。一宿一飯《いっしゅくいっぱん》の恩義はきっちりと返すが、妾手懸《めかけてかけ》になれという話には、絶対に応じないんでさ。無理に手籠《てごめ》にしようとして、大事なところを握り潰されたり、匕首《あいくち》で鼻を斬り落とされた奴までいるって話で」

「なかなか面白そうだな。そういう気の強い女を、縄で縛り上げて、許しを請うまで徹底的に痛めつけるのが一番楽しいのだが…」

異常な加虐嗜好《かぎやくしこう》の性癖《せいへき》まで剝《む》き出しにして恥じ入ることのない、筧銀之丞であった。

「まあ、ご希望でございましたら、そのような趣向の場もお膳立ていたしますぜ。ですが、まずは、お嵐にその怖ろしく強い相手ってのを始末させることが先で」

「お前の頼みを断ることはないのか」

「そこは、任せておくんなさい。お嵐には、断れねえ義理ってやつがありますんで」

自信たっぷりに言う、海坊主の辰五郎だ。

「で、筧様。お嵐に色仕掛けで始末させる相手の名は？」

「うむ。御家《おいえ》に仇《あだ》なす不届きな悪党浪人だ」

銀之丞は、糸のように細い目を光らせて、

「名は、大門一郎太という――」

二

「旦那、御無事ですか」

その日の夜更け――玄関から上がって来たのは、太鼓持ち兼早耳屋《はやみみや》、糸瓜顔《へちまがお》の苫六《とまろく》である。

「おう。まだ、首と胴は何とか繋がってるぞ」

庭に面した座敷で煙草を吹かしながら、一郎太が言う。座敷の外は狭い庭で、低い生垣の向こうは木立と田畑だが、今は夜の闇だけに塗り潰されている。

「そいつは、ようござんした」

一郎太の前に座った苦六は、座敷の中を見まわして、

「お千姐《せんねえ》さんは？」

「うむ。今、風呂に入っている」

「そうですか。紀州屋敷から無事に戻って、さっそく一汗かいたというわけですね。いや、お熱いことで」

「一汗ではなく、三汗だ」

煙草盆を苦六の方へ押しやって、一郎太は平然とした顔で訂正する。

後ろから前から、たっぷり三度も愛姦《あいかん》されて心も軀《からだ》も満足した男装娘は、風呂で汗を流しているというわけだ。

「これは、御馳走様でした……」

苦笑した苦六は、すぐに表情を改めて、声を落とした。

「実は、松平能登守《のとのかみ》って大名のことですが」

「お千の御先祖――と的場陣内《まとばじんない》が言った大名だな。勝手に出家して斬首されたという」

孤児のお千が、柳森稲荷の境内に棄てられていた時に、その懐《ふところ》にあったのが梅鉢《うめばち》の紋の透かし彫りがある簪《かんざし》だ。

梅鉢の紋は松平能登守の家紋なので、その簪こそが能登守の末裔の動かぬ証拠——と陣内は、お千に説明したのだという。

「へい。陣内の話は半分だけ本当で、半分は嘘でした——」

苦六の話によれば——松平能登守定政《さだまさ》は、三河刈谷《かりや》藩二万石の藩主であった。

天文十年——刈谷城主・水野忠政《ただまさ》の娘・於大《おだい》の方《かた》は、十四歳で二歳年上の松平広忠《ひろただ》に嫁ぎ、翌年、男児を産んだ。これが、後の徳川家康である。

しかし、その二年後には、水野家が織田方に与《くみ》したため、於大は実家に引き戻された。その後、於大は尾張の阿古居《あこい》城主・久松佐渡守俊勝《としかつ》の後妻となり、三男四女をもうけた。

その三男が、松平隠岐守定勝《さだかつ》だ。そして、徳川家康の異父弟・定勝の子が、定政である。つまり、家康と定政は、伯父《おじ》と甥《おい》という関係になるのだ。

したがって、刈谷松平家は、二万石の小大名とはいえ将軍家の一族という名誉ある家柄になる。

松平能登守定政は、三代将軍・家光の小姓番頭《こしょうばんがしら》や近習《きんじゅ》を勤めた。

だが、慶安四年——家光が死去した三ヶ月後の七月上旬、突如、定政は領地を幕府に返上して、寛永寺《かんえいじ》で出家した。号は、能登入道不白《ふはく》という。定政は嫡子の定知《さだとも》も一緒に出家させて、二人で江戸府内を托鉢《たくはつ》してまわるという信じられない行動に出た。

その動機は、旗本の困窮と浪人の激増に対して、幼将軍家綱《いえつな》を支える幕閣が、あまりにも無策であったため、それに対する抗議であった。老中に、状況改善のための意見書である封事も提出した。

しかし、幕府は、定政の所行を「狂気の沙汰」と断じて、所領は没収。定政の身柄を、兄の伊予松山藩主・松平隠岐守定行《さだゆき》に預けて永蟄居《えいちっきょ》とし、捨身の抗議活動をなかったことにしたのである。

定行は、松山城下に吟松庵《ぎんしょうあん》という庵《いおり》を建てて、そこに弟の定政を住まわせた。定政は寛文十二年、六十二歳で死去した。

定政の死後、嫡男の定知は旗本として、幕府に召し抱えられた。次男の定澄《さだずみ》も御家人となったが、後に嫡子を得られずに断絶。三男の定清《さだきよ》も旗本になり、この松平定知と定清の両家は、今も存続している……。

「何だ。殿様は斬首どころか、わりと結構な晩年を送ってるじゃないか」

「ええ、そうなんですよ」

自分の煙管《きせる》に煙草を詰めながら、苫六はうなずく。

「能登守のことは、あっしは知り合いの講釈師に訊いたんですが、お八重《やえ》の方という愛妾《あいしょう》がいたのかどうかも、わかりませんでした。まあ、能登守が斬首になったってのも嘘だったんですから、お八重の方の話も、能登守が梅鉢の紋が入った簪を渡したというのも、みんな嘘でしょうね」

「ふうむ」

「当然ですが、当時の紀州の殿様が松平能登守を斬首にしろと言ったという話も、大嘘です。お千姐さんが梅鉢の紋の入った簪を後生大事に持っているのを見て、陣内は、そういう嘘を造り上げたんじゃないですか」

「陣内め、酷《ひど》いことをする……」

親を知らない捨児に、家系にまつわる嘘を吹きこんで、御三家の中屋敷から女雛《めびな》を盗むという危険な仕事をさせる――人の心を弄《もてあそ》ぶ的場陣内の手口が、一郎太には絶対に許せなかった。

「ただ、能登守の所行でひとつだけ、気になることがあります」

「ほう、何だ」

「御老中に差し出した意見書に書かれた歌に、『金銀も　あるにまかせて　つかふへし　つかわれぬ時は　むほんきやくしん』ってのがありまして」

「むほんきやくしん……謀反逆臣……ずいぶんと大胆な言葉を使ったものだな。しかも、頭が〈金銀〉とは」

定政が出家したのが七月十日、その半月後の七月二十三日に、由比正雪《ゆいしょうせつ》の謀反計画が発覚したのである。

「まさか、能登守と正雪が通じていたわけじゃないでしょうが、偶然とはいえ、ほとんど同じ時期だから、不思議ですね。まるで、紀州の三万両を活かして世直しをしろ……と正雪を嗾《けしか》けているようにも思えます」

「当時の世情が、そういう雰囲気だったのだろうな」

「ま、旦那。ここだけの話ということで」

「わかった」

一郎太は、灰吹の縁《ふち》に煙管の雁首《がんくび》を叩きつけた。

「――ああ、いいお風呂だった」

そう言って廊下をやって来たのは、着流し姿のお千である。

「おや、姐さん。湯上がりの姿は、一段と色っぽいですねえ」

苦六が陽気な口調で、からかうと、

「当ったり前さ。何と言っても、おいらは御《ご》新造《しんぞ》様だからね」

お千は、一郎太の脇に座って、しな垂れかかった。

「ちぇっ、熱々過ぎて目の毒だ」

やけに煙管を吹かす、苦六である。

「ところで、苦六。俺が紀州屋敷に乗りこんだ首尾だが――」

一郎太は、上屋敷での一部始終を苦六に説明した。そして、隠し持っていた剃刀《かみそり》で自害したという中屋敷納戸《なんど》役《やく》・小《こ》堀《ぼり》佐《さ》兵《へ》衛《え》のことを調べるように言う。

「旦那。そいつが、的場陣内に買収されて、間違えたふりをして女雛を蔵から出したというわけですね」

「たぶんな」

一郎太がうなずくと、脇からお千が、

「それって、本当の自害なのかな」

「俺も、それを疑っている。上屋敷にも陣内に買収された藩士がいて、そいつが隙《すき》を見て納戸役の口封じをしたのかもしれん」

「どうも、陣内というのは、とんでもなく狡賢《ずるがしこ》い悪党のようですね」

苦六は腹立たしそうに、腕組みをする。

「あたしも八方手を尽くして捜してるんだが、天に昇ったか、地に潜《もぐ》ったか、どうしても行方がつかめない…」

その時、闇の奥で弦音《つるおと》が響いた。

「伏せろっ」

座敷へ飛びこんで来た矢を、一郎太は人差し指を添えた煙管で払い落とす。

そして、一足飛びに床の間へ行き、大刀をつかんだ。素早く抜刀して、障子の蔭で構える。

お千と苦六は、畳の上に平べったくなっていた。

「死んでも命がありますように、南無阿弥陀仏《なむあみだぶつ》、南無阿弥陀仏………」

固く目を閉じた苦六は、震えながら、口の中で念仏を唱えていた。

敵の気配を探っていた一郎太は、

「………射手《いて》は、逃げたようだ」

そう言って、大刀を鞘《さや》に納める。

「あっ、おじさんっ」

顔を上げたお千が、目の前に転がっている矢を見て、叫んだ。

「これ、手紙がついているよ」

「む……矢文《やぶみ》か」

その矢は、普通の弓矢の半分ほどの長さしかない。長さ二尺弱の駕籠弓《かごゆみ》で使用する矢だ。短くても、殺傷能力は充分にある。

そして、矢柄《やがら》に細く折り畳んだ手紙が結びつけられていた。一郎太は、手紙を外して開いてみた。

「旦那、その手紙には何と書いてあるんですか」

苦六が、躙《にじ》り寄る。

「的場陣内からだ」一郎太は言った。

「三万両を山分けするという条件で手を組みたいから、今から俺一人で柳森稲荷まで来てくれ──とさ」

三

不忍池《しのばずのいけ》の西側を通り、神田明神の脇を抜けて、大門一郎太が神田川に面した昌平河岸《しょうへいがし》に出たのは、そろそろ亥《い》の中刻《ちゅうこく》──午後十一時近くであった。

深夜だから、通りに人けはない。神田川に架かる昌平橋を渡り、左へ折れて、四町――四百メートルほど行くと、そこに柳森稲荷がある。

一郎太は振り向いてたしかめたりしないが、半町ほど後方に、お千と苦六の姿があるはずだ。

――お千も苦六も、「誘い出して殺すつもりだから、柳森稲荷には行かない方がいい」と反対した。だが、一郎太は、「行方がわからず困っていた的場陣内が、向こうから会いたいと言ってきたのだから、この好機を逃す手はないぞ。罠《わな》など嚙み破ればいい」と笑ったのだった。

で、一郎太が一人で歩いて行くのを、後方から見守りながら、お千と苦六もついてゆくことにしたのである。

昌平橋を一郎太が渡ろうとすると、

「――旦那、一刀流の旦那」

川面《かわも》から、彼に呼びかける声がした。見ると、橋の近くに桟橋《さんばし》があり、そこに猪牙舟《ちょきぶね》が係留されている。その舟の船頭が、呼びかけて来た相手だった。

「お待ちしておりました。どうぞ、こちらへ」

「ふうむ……」

一郎太は桟橋まで行くと、

「猪牙なんぞに乗らなくても、柳森稲荷は目と鼻の先だぜ」

「へえ。あっしは、ただ、旦那を船宿に送りとどけるように頼まれただけでして」

その初老の船頭は、陣内の仲間ではないようであった。

「わかった、わかった」

こんな場所で押し問答をしてもしょうがないので、一郎太は大刀を鞘《さや》ごと腰から抜いて、素直に猪牙舟に乗った。猪牙舟は桟橋を離れて、大川へ向かって下って行く。

(これで、お千や苦六とは引き離されたわけだ。お千たちが舟を見つけられなきゃ、追っては来れない。本当に陣内ってのは、抜け目のない悪党だな)

筋違橋《すじかいばし》の下を通過しながら、一郎太は、陣内が自分を本当に仲間にするつもりなのか、それとも殺すつもりなのか——と考える。

左手が佐久間河岸、右手には柳森稲荷が見えた。稲荷のある柳原土堤《やなぎわらどて》は、夜鷹《よたか》の名所として知られている。お松の同業者が、今夜も熱心に商売に励んでいることだろう。

和泉橋の下を通過して、四町ほど下ると、次は新《あたら》シ橋だ。これから敵地に乗りこむというのに、夜の川で単調な櫓《やぐら》の音を聞いていると、いささか眠気を催して来る。

「っ⁉」

突然、一郎太は人の気配を感じた。

弦音《つるおと》がした。

見るよりも前に大刀を抜いて、一郎太は、飛来した矢を斬り落とす。さっきと同じ、駕籠弓《かごゆみ》の矢であった。

いきなり刀を抜かれて驚いた船頭が、「ひゃっ」と悲鳴を上げた。

矢は、新シ橋の下から放たれたのである。射手《いて》は、橋脚を真横に貫く筋違が組み合ったところを足場として、一郎太を待ち伏せしていたのだ。

(逃げ場のない舟に乗せて、射殺《いころ》すって策だったのかっ)

胸の中で舌打ちしながら、一郎太は、大刀の小柄《こづか》を抜いていた。見当をつけて、矢が飛んで来た辺りに手裏剣を打つ。

小さな呻《うめ》き声が聞こえた。射手のどこかに突き刺さったらしい。

「おいっ」一郎太は、船頭に命じた。

「舟を、そこの桟橋に着けてくれ。早くっ」

神田川の北側の岸辺は、久右衛門《きゅうえもん》河岸と呼ばれ、筵掛《むしろが》けの仮店舗が並んでいる。露店、床店《とこみせ》と呼ばれるものだ。

その久右衛門河岸から、桟橋が突き出している。

「へ、へいっ」

あわてて、船頭は、その桟橋に猪牙舟を寄せた。一郎太は舟から桟橋へ移ると、久右衛門河岸を左へ曲がって、新シ橋の方へ行こうとする。

その時、

「死ねっ」

露店の中から飛び出して来た者が、背後から一郎太に斬りかかった。

その刃《やいば》を、一郎太は背中にまわした刃で受け止める。受け止めた瞬間、左手に握っていた鞘の先端を、背後の敵の鳩尾《みぞおち》に突き入れた。

「ぐほァっ」

そいつは大刀を放り出して、派手に臀餅《しりもち》をつく。お世辞にも清潔とは言い難い身形《みなり》の、中年の浪人者であった。

「尾崎さんっ」

露店の中から、さらに人影が二つ、飛び出して来た。これも、尾崎と呼ばれた浪人と似たり寄ったりの身形だ。金のためなら何でもやるという喰《く》い詰《つ》め浪人だろう。

抜刀した二人は、一郎太の前に立ちふさがった。尾崎浪人は、団子虫のように軀《からだ》を丸めて苦しげに呻《うめ》いていた。

「貴様ら、的場陣内に雇われたのか」

一郎太が問う。

的場陣内は、新シ橋の下に射手を潜《ひそ》ませておくだけではなく、そいつが仕損じた場合、一郎太が久右衛門河岸に上陸することまで予想していたのだ。二段構えの策である。

それで、露店の中で三人の浪人者に待ち伏せをさせていたのだ。

「うるさいっ」

「貴様を斬れば、三十両になるんだっ」

二人の浪人が喚《わめ》き立てた。

彼らの向こうで、新シ橋の欄干《らんかん》を乗り越えた例の射手が、南の袂《たもと》の方へ逃げるのが見える。

「どけっ」

苛立《いらだ》った一郎太は、右側の奴の刃を引っ払った。相手の刀は吹っ飛んで、神田川の河原へ落ちる。

が、三十両の夢に憑《つ》かれたそいつは、脇差を抜いた。格段に腕前が違う相手に向かって、無謀にも、体当たりするように諸手《もろて》突《づ》きを仕掛ける。

「ちっ」

その突きをかわした一郎太は、大刀の峰を浪人者の右肩に振り下ろした。

「ぎゃっ」

右の鎖《さ》骨《こつ》と肩胛《けんこう》骨を砕かれたそいつは、踏み潰された蛙《かえる》のように地面に平《たいら》になった。

一郎太は、新シ橋の南の袂を見た。駕籠弓の射手の姿は、どこにもない。

「仲間の仇討《あだう》ちだっ」

左側の浪人者が、威勢よく大刀を振り上げた。三十両を独り占めできる――と夢想しているのかもしれない。

その浪人者は、一郎太に袈裟《けさ》懸《が》けで斬りかかろうとする。

「うるさいっ」

一郎太は、右手の鞘を無造作に振った。大刀を振り下ろそうとした浪人者の右手首が、鞘で打たれた。

「がっ」

そいつの手首の骨が、あっさりと折れた。大刀を取り落としたそいつは、地面に両膝をつく。

「俺の…俺の手が……」

だらりと腕から垂れ下がった右手を見て、その浪人者は蒼白になった。

戦意を喪失した三人に目もくれずに、一郎太は新シ橋を渡った。

新シ橋の南側には、豊島町《としまちょう》一丁目と二丁目、三丁目の町屋が並んでいる。

射手は橋の左右へ逃げたのではなく、この町屋の通りのどこかへ逃げたと思うのだが、それがわからない。すでに深夜なので、人通りはなかった。

「……」

大刀を左腰に差した一郎太は、地面に片膝をついて耳を澄ませる。

「むっ？」

遠くで、金属音が聞こえた。たしかに、刃と刃のぶつかる音であった。

立ち上がった一郎太は、二丁目と三丁目の間の通りを駆け出した。幾つ目かの路地の前で、足を止める。

その路地の中に、着流し姿の人間が倒れていたからだ。

「おい、どうしたっ」

抱き起こして顔を見ると、一郎太は驚いた。

「あっ、お前はっ」

「……………旦那」

弱々しく呟《つぶや》いたのは、女渡世人・般若のお嵐であった。

第八章　犯され志願

一

「五日もすれば傷は塞《ふさ》がると思う。それまでは無理をしないで、なるべく左腕を動かさないように。では、お大事にな」

そう言って、外科の医者は帰って行った。

深夜に出合茶屋に呼び出されて腕の傷口の縫合《ほうごう》をさせられるという面倒な仕事だったが、最初に出合茶屋の下男《げなん》に届けさせた一両の前払いが効いたらしく、上機嫌で治療してくれた。

「よかったな、姐御《あねご》。意外と浅傷《あさで》で」

大門一郎太《だいもんいちろうた》の言葉に、お嵐は羞《はず》かしげに身を縮める。

「一番見られたくない御方《おかた》に、不様《ぶざま》な醜態《しゅうたい》をお見せしてしまいました」

——男装美女のお嵐《らん》は、駕籠弓《かごゆみ》を手に走っていた怪しい覆面の男を見つけて、そいつの前に立ちはだかった。

矢筒《やづつ》を背負った覆面男が脇差を抜いたので、お嵐も長脇差《ながどす》を抜いて斬り合いになった。

そして、左の前膊部《ぜんはくぶ》を脇差で斬られてしまったのである。

相手は路地の奥へ逃げこんだ。お嵐はそれを追おうとしたが、左腕の出血を見て気が遠くなった。それで、路地に倒れていたところを一郎太に助け起こされたのであった。

すでに、覆面の射手《いて》が逃げた方向はわからなくなっていたし、負傷したお嵐をそのままにもしておけない。だから、一郎太は近くに出合茶屋を見つけて、部屋を用意させたのである。

出合茶屋は、表向きは料理店であるが、その実態は男女の密会の場所であった。現代でいうならば、〈料理の出るラブホテル〉である。

二人の前に酒肴《しゅこう》の膳は出ているが、治療の間に燗酒《かんざけ》はぬるくなっていた。一郎太の大刀とお嵐の長脇差は、床の間の刀掛けにかけてある。

「まったく、だらしのない話で」

お嵐は自嘲《じちょう》した。

「今までに何人もの渡世人を斬って、命を失った奴もいるのに……自分は、ほんの二寸かそこら斬られただけで気を失うなんて」

「人間なんて、誰でもそんなものさ。まして、姐御は女だからな」

「女じゃございません。無職《ぶしょく》渡世の碌《ろく》でなし、人別帳《にんべつちょう》から外された屑《くず》です」

沈んだ声で、お嵐は言う。

「屑なら、夜更けに胡乱《うろん》な奴を見つけて、軀《からだ》を張って止め立てなんかしないだろう。そんなに自分を卑下するもんじゃない。大層な別嬪《べっぴん》なんだから」

一郎太が、わざと陽気な口調で言った。

「別嬪だなんて……旦那は、本当にお口がお上手なんですから」

ようやく、お嵐は柔らかな笑みを見せた。

「そのお口で、今まで、何人もの女を口説いて来たんですね。いえ、何百人かしら」

「いやいや。俺は、いたって謹厳実直《きんげんじっちょく》な方だから。石部金吉《いしべきんきち》の見本だよ」

石部金吉とは堅物《かたぶつ》の代名詞である。この場合は、〈女を寄せつけない男〉というほどの意味だ。

「まあ……」

お嵐は、艶《つや》っぽい流し目を一郎太にくれた。

「石部金吉の旦那。あたし、いつでも背中の般若《はんにゃ》の彫物をお見せすると言いましたよね」

「うむ。そう聞いた」

「どうでしょう。今、ご覧になりませんか」

「――拝見しよう」

一郎太がうなずくと、お嵐は、すっ……と立ち上がった。

後ろ向きになると、帯を解いて下へ落とす。片滝縞《かたたきじま》の小袖《こそで》を脱ぐと、それを丸めて脇に置いた。

胸には白い晒《さら》し布を巻き、白の木股《きまた》を穿《は》いている。背中の晒し布で隠していない部分には、赤い靄《もや》のような模様が見えた。

それから、お嵐は木股に手をかけた。熟れた臀部《でんぶ》を一郎太の方へ突き出す格好で、木股を下ろす。

量感のある白い双丘《そうきゅう》の下の狭間から、黒々とした恥毛が覗いた。恥毛に飾られた花弁の先も、である。

木股を脱いで下半身が裸になってから、お嵐は、晒し布を取り去った。

真正面を見据えた迫力ある般若面の彫物であった。面の周囲には、赤い靄のような模様が綺麗な暈《ぼ》かしで彫りこんである。

「見事なものだ」一郎太は唸《うな》った。

「その射貫《いぬ》くような眼光……名人の作だな」

「酒に命を取られましたが、彫政《ほりまさ》という評判の彫師《ほりし》でした。五年前、あたしが二十歳の時に彫ってもらったんです」

お嵐は肩越しに、一郎太を見て、

「旦那。もっと近くで、見てくださいな」

「うむ……」

立ち上がった一郎太は、彼女の背後に立つ。全裸のお嵐が身につけているものは、左腕の刀傷に巻いた晒し布だけであった。

一郎太は身を屈《かが》めて、背中の彫物に目をやった。

「……」

お嵐は、たわわな乳房を両腕で抱えこんで、じっと立っている。

一郎太は、お嵐の肩に両手を置くと、項《うなじ》に唇を押しつけた。

「あァ……っ」

女渡世人は、か細い悲鳴を洩らした。すると、一郎太が、その軀をくるりと半回転させる。

向き合ったお嵐の唇に、一郎太は自分のそれを重ねた。接吻《せっぷん》を渇望《かつぼう》していたかのように、お嵐の方から舌を差し入れてくる。

男の逞《たくま》しい上体に両腕をまわして、お嵐は、舌が絡み合う濃厚な接吻に夢中になった。

ようやく口を外すと、一郎太は、畳に片膝をついた。左の乳房に唇をつけると、尖った梅色の乳頭を舐める。

「ん、んぅ……」

目を閉じて、お嵐は切なげに呻《うめ》く。一郎太の舌使いが、的確なものだったのだろう。

さらに、一郎太は、右の乳房も唇と舌で愛撫する。そして、平たい腹を唇が滑り下りて、逆三角形をした黒い草叢《くさむら》に達した。

豊饒《ほうじょう》な繁みである。その奥の秘裂から、一体の花弁が露出していた。成熟した肉厚の花弁は、赤っぽく色づいている。

一郎太の唇は、その草叢の中の秘裂に密着した。舌先で、花弁を舐める。

「ひっ」

お嵐は身悶《みもだ》えした。しかし、一郎太の舌は執拗《しつよう》に花弁を嬲《なぶ》り、そこから豊かに溢れ出て来る透明な愛汁《あいじゅう》を啜《すす》る。

これほど強烈で丁寧な前戯を、お嵐は受けたことがない。どの男も、彼女の軀を一方的に貪《むさぼ》り凌辱《りょうじょく》して、自分だけが満足して果てるような奴ばかりであった。

一郎太の愛撫には、お嵐を歓喜に導こうとする気遣いがある。あまりの快感に膝がぐらついて、お嵐は立っているのが困難になった。

「だ、旦那……もう………」

「よし、よし」

一郎太は、お嵐を畳の上に座らせた。そして、自分は手早く裸になる。すでに、男根は黒々とそそり立っていた。初めて彼の猛々《たけだけ》しい巨砲を目にしたお嵐は、驚きと期待で身震いをする。

全裸になった一郎太は、仰向《あおむ》けに寝ると軽々とお嵐の軀をかかえ上げて、自分の腰を跨がせた。右手で握った巨砲の先端を、濡れきった秘裂にあてがう。

お嵐の軀を下ろして、女体《にょたい》を深々と貫いた。

「お、ああァァ……ァっ」

己《おの》れの花壺を巨大すぎるほど巨大な肉根で犯されて、お嵐は、悦びとも苦痛ともつかぬ悲鳴を上げた。圧倒的な質量の剛根に、髪の毛一筋の隙間《すきま》もないほど完全に女体を占領されてしまう。

まるで小水を排泄《はいせつ》する時のような爪先立ちの姿勢で、女渡世人は、一郎太のものに真下から貫かれていた。

時雨茶臼《しぐれちゃうす》と呼ばれる態位だ。

一郎太は、腰を使い始めた。肉襞《にくひだ》の締めつけを味わうように、ゆっくりと女壺を突き上げる。

右手を男の胸についたお嵐は、突き上げられる度に、豊かな乳房を揺らしながら、「あっ、あっ、ああっ」という切れ切れの短い叫びを洩らす。

すぐに、お嵐は達した。甲高《かんだか》い喜悦の声を上げると、臀《しり》の双丘《そうきゅう》を痙攣《けいれん》させて、ぐったりと一郎太の広い胸に倒れこむ。

一郎太は、まだ吐精していない。左腕で男装美女の背中を抱くと、目を閉じたお嵐の頬や首筋を撫でてやる。それから、ゆるやかに腰の動きを再開した。

「え……またなの？」

戸惑うお嵐の肉壺を、雄大な男根が突き上げる。直線運動だけではなく、捻《ひね》りや斜め突きも交えて、多彩に下から責め立てるのだ。

「やっ、凄いっ……凄すぎるっ」

男の首にかじりつきながら、お嵐は悦声《よがりごえ》を上げた。

「逝《い》く、また逝ってしまう……あひゃァっ」

一郎太が放った。灼熱の液弾が、女壺の奥の院を勢いよく直撃する。

「……ォォォっ！」

二度目の絶頂に達した女渡世人は、反り返りすぎて、後ろへ倒れそうになった。

一郎太は、その右腕をつかんで、自分の胸に抱き寄せる。

「く……はっ……んん……」

男の胸に頬を寄せたまま、お嵐の肉体のあちこちが、ひくっひくっ……と不規則に痙攣した。

「だ…旦那……」

「ん？　何だ」

半眼のお嵐が、魂の抜けたような声で、

「あたし……死んだんですか」

「いや、まだ生きておるぞ」

一郎太は、やさしい微笑を見せる。

「それが証拠に――ほら」

お嵐の花壺の中で半ば萎《な》えかけたものを、一郎太は腹筋だけを使って、ぴくりと動かしてみせた。

「やァんっ」

可愛い声で鳴いたお嵐は、ぷるっと臀肉を震わせる。

「な。こんなに活きのいいホトケが、いるもんか」

「うふふふ」

笑顔になったお嵐は、一郎太にくちづけをした。そして、ねっとりと舌を絡めて、男の唾液を吸う。

「あたし、ね」

口を外して、お嵐は甘え声で言った。

「二度も逝ったの、初めて。ううん……男に抱かれて気が逝ったのは、これが初めてなんです」

「ほほう……男に抱かれて以外なら、逝ったことがあるのか。姐御は、女女事《めめごと》の趣味もあるのかね」

女女事とは、読んで字の如く〈女性同士の性行為〉を意味する。現代でいうところのレズビアンである。

江戸城の大奥や尼寺のように女だけの閉鎖空間では、女女事に耽《ふけ》る者が多かったという。

これに対して、男同士の性行為は〈男色《なんしょく》〉、男が少年を相手にする恋愛は〈衆道《しゅどう》〉と呼んだ。

「違いますよ。あたしは女に抱かれたことなんて、ありません」

「では、どうやって逝ったのだ」

「それは……」

お嵐は言いよどんだ。男の耳に唇を寄せて、

「あの……自分であそこを弄《いじ》っていたら、逝ってしまいました」

消え入りそうな声で、囁《ささや》く。

「独り遊び――つまり、秘女子を弄っていたのか」

「ええ……羞《はず》かしい、旦那っ」

お嵐は頬を、一郎太の頬に擦りつけた。

「あたしは淫乱なんでしょうか。色狂いの牝《めす》なんでしょうか」

「男だって、相手がいない時には魔羅を扱《しご》き立てる。閨寂《ねやさび》しい女が自分の割れ目をまさぐったとしても、不思議はあるまいよ」

穏やかにお嵐の自慰を肯定してやる、一郎太であった。そんな優しい言葉に、男装美女は、ふと涙ぐんでしまう。

「ごめんなさい……後始末をしますから」

顔を背けたお嵐は、桜紙を取って揉んでから、結合部にあてがった。臀を浮かせて、男のものを抜き取る。

そして、別の桜紙を素早く胯間に挟んだ。女壺の内部からこぼれ出す聖液を、堰《せ》き止めるためだ。

一郎太の男根をきれいに拭ってから、

「旦那、こっちを見ては厭《いや》ですよ」

「うむ」

ごろり、と一郎太は手枕で横になった。お嵐に背を向けた格好である。

お嵐もまた、一郎太に背を向けて片膝立ちで局部を拭った。それから、

「………」

急に表情を硬くすると、丸めた小袖の中から匕首《あいくち》を取り出す。音のしないように、そっと鞘《さや》から抜くと、お嵐は逆手《さかて》に構えた。

振り向くと、一郎太は広く逞しい背中をこちらに向けたままである。

お嵐の両眼は吊り上がり、顔は蒼白になっていた。

一郎太の背後に近寄ると、匕首を振り上げる。

二

「…………」

振り上げた右手の匕首は、そこで見えない鎖に縛りつけられたように、動かなくなった。

お嵐は肩を震わせて、ぎりっと歯噛《はが》みしたが、どうしても匕首を一郎太の背中に突き立てることができない。

ついに、お嵐は匕首を順手に持ち替えて、刃《やいば》を上向きにした。左手を右手に添えると、目を閉じて自分の喉に貫こうとする。

「――待て」

男の大きな手が、お嵐の右の手首をつかんだ。あっさりと、一郎太は匕首をもぎ取る。

「お嵐。お前のような美《い》い女が死ぬのは、勿体《もったい》ないぜ」

自分に刃を向けた女渡世人の裏切りを、一郎太は怒っているようには見えない。むしろ、優しさをこめて、問いかけたのである。

「だ…旦那……」

目を潤《うる》ませたお嵐は、顔を背《そむ》けて、

「あたしは外道《げどう》です。命を救っていただいた旦那を、十両もらって殺そうとするなんて……やくざ以下の外道、犬にも劣る人でなしなんですっ」

「事情があるんだろう、話してみろ。誰に、俺を殺せと頼まれたんだ」

「……海坊主の辰五郎《たつごろう》親分です」

「海坊主？　そういえば、お前は、橋本町の辰五郎という奴のところへ草鞋《わらじ》を脱ぐ──と言っていたな」

「はい。橋本町で川口屋という口入れ稼業をやっている辰五郎親分に、旦那を殺せと言われました。手強《てごわ》い相手だから色仕掛けで油断させて刺し殺せ、と」

一郎太は螢沢《ほたるざわ》にいると聞かされて、夜更けだがとりあえず様子を見るために、橋本町一丁目の川口屋を出たお嵐である。

そして、豊島町で覆面の射手《いて》と遭遇し、手傷を負ったのであった。

「ふうむ……」

辰五郎というやくざに、一郎太は面識はないし、恨まれる覚えもない。そいつも誰かに頼まれて殺しの請負をしただけだな——と一郎太は考えた。

だが、お嵐も、本当の頼み手は聞かされていない——と言う。

「あたし、一度は断ったんです。だけど……親分には断り切れない義理があって」

「どんな義理だ」

「三年前、あたしの御母《おっか》さんが病気で寝こみました。労咳《ろうがい》だったんです」

労咳——現代でいう肺結核である。特効薬のない江戸時代において、命取りの死病であった。

「その時、親分は、お武家しか診《み》ないという偉いお医者を紹介してくれました。そして、高価な朝鮮人参まで処方してくれたんです。おかげで、御母さんは大して苦しまずに、息をひきとりました」

「……」

「お袋の恩人である俺の頼みを断るのか――と言われて、あたしは拒み切れなかったんです。依頼金の十両も欲しくなかったんですが、押しつけられて……」

「そういう風に恩に着せて、お前を手駒として使うために、名のある医者をあてがったのだろう。汚い奴だな、その辰五郎という男は」

一郎太の両眼に、怒りの炎が浮かんだ。母を想う子の気持ちを利用して人殺しをさせるのが、許せないのであろう。

「旦那――」

お嵐は、正座して一郎太を正面から見つめた。

「命の恩人の旦那を手にかけようとしたあたしが、間違っていました。この場で成敗してください」

「斬れというのか」

「はい」

うなずいてから、お嵐は微笑して、

「最期に、旦那に本当の女の悦《よろこ》びを教えていただいて、あたしは幸せ者です。この世に未練はございません。どこかで野晒《のざら》しになって鴉《からす》に死骸を突つかれるよりも、旦那の手にかかって果てるのなら、本望です」

静かに、男装美女は目を閉じた。

「さあ、やっておくんなさい」

「……うむ」

一郎太は立ち上がって、床の間の刀掛けから大刀を取った。厳かな表情であった。

すらりと刀を抜き放つと、お嵐の斜め後ろに立つ。

全裸で正座した男装美女の斜め後ろに、鍛え上げられた鋼《はがね》の肉体を持つ兵法者《ひょうほうしゃ》が、これも全裸で大刀を右八双《みぎはっそう》に構えている。

何とも異様で、迫力のある光景であった。

「覚悟はよいか、お嵐」

「はい。お願いします――」

女渡世人の声には迷いも震えもなく、本当に死を覚悟していることは明白であった。

一郎太は一呼吸おいてから、

「むんっ」

大刀を斜めに、鋭く振り下ろす。

「…………？」

　ややあって、お嵐は目を開いた。刃風《はかぜ》を項《うなじ》に感じたのに、自分がまだ生きていることを知って、呆然《ぼうぜん》とする。

　ゆっくりと振り向くと、一郎太の刃は、彼女の首すれすれに停止していた。一郎太は、その大刀を鐔音《つばおと》高く鞘《さや》に納める。

「旦那……」

「お前の悪縁は今、俺の刃が断ち斬った。辰五郎への義理も、これで消えた。お前を縛る鎖はなくなったぞ、お嵐」

　一郎太は、お嵐の前に立って、

「白刃《はくじん》の下で微動だにせず正座しているなんて、並の武家でも、なかなかできない真似だ。お嵐、お前は本当に肚《はら》の据わった美い女だなあ」

「旦那っ」

　お嵐は、一郎太の腰にしがみついた。

　だらりと垂れ下がっている肉根を、咥《くわ》える。十日も絶食していた者が食料を見つけたかのような激しさで、男性器を貪欲にしゃぶり始めた。

「むぐ……ん……んはっ……」

死の淵を覗きこんで生者の世界へ戻って来た反動と、一郎太に対する感謝と愛情の気持ちが極限まで膨れ上がっているのだろう。

仁王立ちの一郎太は、女渡世人の口唇《こうしん》奉仕を黙って見下ろす。

玉冠部《ぎょくかんぶ》を舐めまわし、先端の切れこみを舌先で刺激し、茎部を唇で扱《しご》き、重い玉袋を熱っぽく吸うお嵐は、色欲の化身となったようであった。

その愛撫によって、肉の巨砲は臍《へそ》を打つほど急角度で屹立《きつりつ》した。少し前に吐精したばかりとは、信じられないほどの勢いである。

「旦那……犯してぇ」

巨大な男根を両手で握り、お嵐は、呻《うめ》くような声で言った。

「誰にも許したことのない、あたしのお臀《しり》……お臀の孔《あな》の操《みさお》を旦那に捧げます。思う存分に貫いて、犯しまくってくださいな」

「よかろう」

一郎太は片膝を突いた。

全裸の男装美女を、犬這《いぬば》いに這わせる。

見事な曲線を描く、女そのものの臀であった。背中の般若の彫物も見事である。

お嵐は自ら、臀の双丘《そうきゅう》を両手で広げた。

放射状の皺《しわ》に囲まれた後門は、赤紫色をしている。一郎太の視線を肌で感じたのか、ひくり、ひくり……と呼吸するかのように蠢《うごめ》いていた。

その下にある花園は、男の肉根をしゃぶっている時に、すでに秘蜜まみれになっている。

一郎太は、いきなり背後の門を貫いたりはしない。まず、その花園に巨砲の先端をあてがった。

ずずず……っ、と花孔に侵入した。

お嵐は、悦びの叫びを上げた。

「はうゥゥ……アァっ」

一郎太は悠々と腰を使って、お嵐の女壺《にょつぼ》を貫く。それと同時に、右の親指の腹で、赤紫色の排泄孔《はいせつこう》を撫でまわしていた。

女壺を貫かれ、臀孔を愛撫される二ヶ所攻めの複合快感に、お嵐は乱れた。

やがて、一郎太の愛撫によって後門括約筋《かつやくきん》がほぐれ、親指の先端が挿入できるほどになった。

もぐりこんだ親指を、内部で円を描くようにすることによって、さらに筋肉を解きほぐす。

充分に後門をほぐしてから、一郎太は、ずぼっと巨根を女壺から抜き取った。そして、愛汁《あいじゆう》まみれの巨根を男装美女の後門にあてがうと、体重をかけて前進させる。

「イィイああァっっ」

あまりにも巨大すぎる質量に臀の孔を犯されたお嵐は、絶叫した。思わず、畳に爪を立てる。

後門括約筋が、その弾性限界まで伸びきっている。そして、石のように硬い男根を、ぎりぎりと締めつけていた。

一郎太は、そこで腰を停止させた。生まれて初めての後門性交に驚愕した女体が、その興奮から鎮まるのを待つ。

あまり力任せにすると、お嵐の臀孔を傷つけてしまう虞《おそれ》があるからだ。

「お臀……お臀の孔を犯してくださったんですね……嬉しいわ、生娘《きむすめ》に戻ったみたい」

耐え難い苦痛に耐えながら、男髷《おとこまげ》の美女は絞り出すような声で言った。

「うむ。お前の軀《からだ》も心も、この大門一郎太のものだぞ、お嵐」

「はい……お嵐の軀は、髪の毛の一本まで一郎太様のものです。心も魂も命もみんな、一郎太様のもの」

　誓いの言葉を述べるように、お嵐は言う。呼称が、〈旦那〉から〈一郎太様〉になっていた。

「遠慮しないで、一郎太様……淫《みだ》らで助兵衛《すけべえ》な牝犬《めすいぬ》の臀孔を、ぶっといお珍々で滅茶苦茶にしてくださいまし」

「わかった」

　一郎太は、お嵐の哀願を叶えてやった。右腕をつかんで、後ろへ引く。そのため、お嵐の上体は浮かび上がった。

　これで、怪我をしている左腕に重みがかかることはなくなる。

　一郎太は責めた。ずぷっ、ずぼっ、ずぷぷっ……と淫らな音を立てながら、女渡世人の後門を力強く犯す。

「お臀が…お臀の孔が溶けるぅぅ………っ」

　唇の端から唾液すら垂らして、お嵐は悦がり狂った。彫物の般若が汗の珠を噴いている。一郎太は、突いて、突いて、突きまくった。

　ついに、二人の快楽曲線が頂点を極めた。

　一郎太は、暗黒の狭洞に精を放った。本日で六度目の吐精にもかかわらず、大量に射出する。

消化器官の内部に熱湯のような聖液をぶちまけられる異様な感覚に、お嵐は、全身を痙攣《けいれん》させた……。

三

「何だとっ⁉」

大門一郎太は、苫六《とまろく》の言葉に愕然《がくぜん》とした。

「お千《せん》が掠《さら》われたというのか」

すでに、丑《うし》の上刻《じょうこく》——午前二時を過ぎている。

下駒込村の螢沢——一郎太は、般若のお嵐を連れて、お千の家へ戻って来たのだった。

——出合茶屋の座敷で一郎太に後門を愛姦《あいかん》されたお嵐は、自分の臀孔《しりあな》から引き抜かれた男根を唇と舌で丁寧に浄めて、玉袋も美味《おい》しそうに舐めしゃぶった。

そして、男の排泄孔《はいせつこう》にまで舌先を差し入れて舐め尽くし、一郎太に対して絶対の服従を誓ったのである。

そのお嵐を、天狗《てんぐ》小僧のお千ともども二人妻とするために、一郎太は彼女を螢沢に連れ帰ったのだ。

だが、家にいたのは、太鼓持ち兼早耳屋《はやみみや》の苫六だけであった。その苫六は、右肩に傷を負って、晒《さら》し布を巻いているのが襟元《えりもと》から見えている。

「面目もございません。旦那を追うために舟を都合しようと、河岸《かし》をうろうろしてたら、いきなり、例の二人組の女忍《くのいち》に襲われたんです」

「ふうむ……」

一郎太は、眉間《みけん》に深い縦皺《たてじわ》を刻む。

「あたしが肩に手裏剣をくらって倒れると、お千姐《ねえ》さんは当て身で気絶しました。そして、用意されていた駕籠《かご》で、姐さんは運び去られたんです」

五方《ごほう》手裏剣を引き抜いて駕籠を追った苫六だが、すぐに見失ってしまった。

それで、近くの外科の医者を叩き起こして治療してもらってから、苫六は螢沢の家へ戻った。

自分の不始末を告白するために、一郎太の帰りを待っていたのだという。

「そうか……お前が無事でよかった。よく待っていてくれたな」

淡々と言う一郎太に、苫六は驚いた。

「旦那、あっしを責めないんで？」

「……」

目を閉じて、深呼吸をした一郎太は、

「お前の責任ではない。俺が、いささか敵を甘くみていたようだ」

その口調は静かだが、膝の上で握り締めた拳《こぶし》は激怒のあまり震えていた。

「今となっては、あの呼び出し状が的場陣内のものかどうか疑わしいが、敵は俺を誘《おび》き出して、お千と引き離すのが目的だったのだろう。橋の下の射手《いて》と三人組の浪人という二段構えの待ち伏せも、俺を引き留めている間に、お千を掠うためだったのだ」

本当に二段構えで俺を仕留めようと思ったのなら、あの程度の腕前の浪人などを雇うわけがない――と今にして一郎太は思う。

「でも、旦那……的場陣内ではないとしたら、女忍を使っている敵とは、どんな奴なんでしょうか」

「忍び者を雇えるのは、大名か大身《たいしん》の旗本だろう。まさか、紀州藩が今さらお千を拉致《らち》したとしても何の得にもならんし……紀州藩と対立するといえば、尾張藩か」

前にも述べたように、尾張・紀伊・水戸の徳川家を御三家と呼ぶ。その御三家筆頭の立場にあるのが、尾張六十二万石である。

尾張と紀伊は大納言まで昇進するが、水戸家は中納言どまり。だから家格では、水戸家は尾張・紀伊に一歩譲る位置にある。

したがって、徳川宗家に嫡子がない場合、尾張徳川家か紀伊徳川家のどちらかから次期将軍を迎えることになっていた。

それが現実の問題となったのが、七代将軍家継《いえつぐ》の時だ。四歳にして将軍位に就いた家継には、当然のことながら嫡子がいない。

それで、八代将軍の候補として、早くから四代目尾張藩主の吉通《よしみち》の名が挙げられていた。対抗馬は、五代目紀州藩主の吉宗である。

しかし、英邁《えいまい》とうたわれた吉通は二十五歳の若さで突然死、八歳の幼将軍が病没すると、将軍位に昇ったのは紀州の吉宗であった。

そして、吉通の子で五代目尾張藩主の継友《つぐとも》もまた、なぜか、三十歳で急死した。

尾張の藩内では「紀州藩による二度の暗殺説」が流布《るふ》し、両家の対立は深まった。

それゆえ、吉通の実弟で六代目藩主となった宗春《むねはる》は、八代将軍吉宗の倹約令に対して徹底的に反抗した。

その宗春は、元文四年に公儀から蟄居《ちっきょ》謹慎を命じられ、尾張の城下に二十五年も幽閉されて死去。

しかも、その墓碑には金網がかれられ、それが撤去されたのは実に七十五年後——天保十年になってのことであった。

これほどの非情な処遇を受ければ、吉宗と紀州藩に対して、尾張藩が恨みを残すのは当たり前だろう。

「たしかに旦那のおっしゃる通り、尾張様と紀州様の間には長年の恨み辛《つら》みがあるでしょうが……今の殿様同士は、格別に仲が悪いとは聞きませんがねえ」

首を捻《ひね》る苦六であった。

「うむ……苦六」

「へい」

「とにかく、寝よう」

「え？」

苦六も、お嵐も驚いた。

「ね、寝るって、掠われたお千姐さんのことは……」

「敵の正体がわからぬ以上、考えても心配しても仕方ない。敵がお千を殺すつもりなら、その場で命を奪っているだろう。駕籠に乗せて連れ去ったということは、少なくとも目的を達成するまでは、お千を生かしておくつもりだと思う」

一郎太は、苦六とお嵐の顔を交互に眺めながら、説明した。

「だから、ここで待っていれば、必ず敵から何らかの連絡があるはずだ。矢文《やぶみ》の時のように、な」

「ははあ……」

苦六は納得したような、しなかったような、曖昧《あいまい》な顔つきになった。

「ここには怪我人が二人もいる。とりあえず、俺たちは朝まで熟睡して、いつでも行動できるように力を蓄えておくことだ」

自分自身に納得させるように、一郎太は言うのだった。

第九章　幽霊屋敷

一

「まあ、何だな。平吉《へいきち》よ」

辰五郎《たつごろう》は上機嫌で言った。

「女なんて生きものはよう、引っぱたいても蹴っ飛ばしても、あれをぶちこんでしまえば、こっちのもんだ。手籠《てごめ》だろうが何だろうが、一度、突っこまれた女は、二度目は拒めねえ。後は、男の為《な》すがままよ」

「へい……」

提灯《ちょうちん》で道を照らしながら、乾分《こぶん》の平吉は、曖昧《あいまい》に同意した。

そこは神田川の南岸、柳原通《やなぎわらどお》りである。夜鷹《よたか》の名所だが、夜明けの近い時刻なので、さすがに客引きをしている女も、通行人も見当たらない。

「お豊《とよ》だって、最初は泣いて厭《いや》がったんだぜ。だが、そこで引き下がる海坊主様じゃねえ。五、六発、びんたをくらわせたら、お豊の奴、すっかり観念しやがった。そこで、悠々と初物をいただいたってわけよ。今どき、二十一の年増《としま》で生娘《きむすめ》というのは珍しいよな。俺が終わるまで、石仏《いしぼとけ》みてえに押し黙っていやがったっけ。それが、二年前のことだ。ところが今じゃあ、お前、『親分、一遍だけじゃ満足できないわ。もっと抱いてぇ』とか鼻声で言って、すがりついてきやがる。おかげで一晩中、奮闘させられて、逆さに振っても、もう鼻血も出ねえや。まったく、女なんてものはみんな、魔物だぜ。へっへっへ」

川口屋の主人で、海坊主の異名を持つ辰五郎は、外神田の金沢町に囲っているお豊という女の家から、橋本町の川口屋へ戻る途中なのであった。

本当は、お豊の家でゆっくり朝寝をしたい辰五郎である。だが、今日は早朝から大人数の人足を大名屋敷へ送る手配をしなければならないので、仕方なく妾宅《しょうたく》を出たのだ。

辰五郎が上機嫌なのは、お豊の肉体の旨味を堪能したのもあるが、筧銀之丞《かけいぎんのじょう》から三十両で頼まれた浪人殺しを、般若《はんにゃ》のお嵐《らん》に十両を請け負わせたことも理由のひとつだ。

仲介しただけで、差し引き二十両の儲けである。楽な商売であった。

（そのうち、南蛮渡来の痺れ薬でも手に入れて、あのお嵐をものにしてやろう……どんな声で鳴くか、楽しみだぜ）

美貌の女渡世人の痴態《ちたい》を想像すると、涎《よだれ》を垂らしそうな顔になる辰五郎だ。

二人が和泉橋の前を通り過ぎた時、右手の武家屋敷の路地から、音もなく現れた者があった。

頭巾で顔を隠した侍である。中肉中背、灰色の袴《はかま》と黒い小袖《こそで》という姿であった。

「む……」

さすがに、辰五郎は立ち止まって身構えた。

「川口屋の辰五郎親分だな」

頭巾の侍が言った。まだ、若いようである。

「たしかに辰五郎だが、お前さんは誰かね」

そう答えながら、辰五郎が腰の長脇差《ながどす》にそろそろと右手を伸ばした時、

「むんっ」

低い気合とともに、いきなり、その侍の刃《やいば》が辰五郎の左肩にくいこんだ。そのまま、斜めに斬り下げる。

「へ……？」

両眼を見開いたまま、辰五郎は仰向《あおむ》けに倒れた。長脇差の柄《つか》に手をかける暇もなく、斬り倒されたのである。

「う、ひゃあ、ええっ」

提灯を放り出した平吉は、わけのわからぬ叫びをあげて、腰を抜かした。自分の親分に駆け寄ることも、匕首を抜いて闘うこともなく、器用にも臀《しり》で這《は》って後退《あとずさ》る。

「……」

頭巾の侍は、平吉の方を見ようともしなかった。ひゅっと血振《ちぶり》すると、納刀して、和泉橋を渡って行く。

その姿が見えなくなってから、

「お、親分……？」

ようやく、平吉は辰五郎に向かって、呼びかけた。

無論、すでに絶命した辰五郎は返事ができない。光のなくなった両眼を、夜空に向けているだけであった。

二

「ふふん……なるほどな」

翌朝、広げた手紙に目を通して、大門一郎太《だいもんいちろうた》はうなずいた。

——一郎太たち三人が朝飯を食べていると、七、八歳の男の子が縁側から声をかけて来た。

近所の百姓の子で、知らない男から手紙をお千《せん》の家に届けてくれと頼まれ、駄賃をもらったのだという。

苫六《とまろく》が、相手の特徴を訊き出そうとしたが、どうも、その男もただの使い屋だったらしい。

「旦那の言った通りになりましたね。一体、何が書いてあるんですか」

糸瓜顔《へちまがお》を突き出して、苫六は手紙を覗きこんだ。

「俺に女雛《めびな》を奪って来いとさ」

手紙を苫六に渡して、一郎太は苦笑した。

お千は預かった、無事に帰してほしければ、本所菊川町一丁目の幽霊屋敷に隠れている的場《まとば》陣内《じんない》から女雛を奪って来い、女雛と引き替えに娘を帰す――という内容の手紙である。

「苦六、幽霊屋敷って知ってるか」

「たしかに何年か前に瓦版にもなりましたが、材木商の寮ですよ。姑《しゅうとめ》のいびりに我慢できなくなった長男の嫁が、花見のために家族全員が寮に泊まりこんだ時、朝の味噌汁に熊でも殺せるほどの石見銀山を入れましてね。気の毒に、六人家族と寮の奉公人三人が全滅ですよ。その嫁は、井戸に飛びこんで死にました」

「それは凄まじい話だなあ」

石見銀山とは、殺鼠剤《さっそざい》として販売されていた砒素《ひそ》のことである。

「店の方は親戚が継いだんですが、その寮を手放そうにも、誰も買い手がありません。それから毎年、花見の時分になると、井戸の辺りに嫁の幽霊が出るとか、台所に苦悶する姑の幽霊が出るとか、いわれてます。夏場じゃなくて春に出るというのが珍しいし、律儀なものですが、近所の者は怖がって誰も近づかないそうで」

「そうか、たしかに、陣内が隠れ家とするには、ぴったりだな」

その手紙の筆蹟《ひっせき》は、的場陣内の名を騙《かた》って一郎太を誘き出した昨夜の手紙の文字と、同じものであった。

そして、末尾には〈桔梗《ききょう》〉と書かれていた。

「お千さんを掠《さら》った相手は、桔梗という名前の奴なんでしょうか」

苦六の脇から手紙を覗きこんでいたお嵐が、一郎太に訊く。

「正体を隠して卑劣な策を弄《ろう》する奴が、わざわざ脅迫状に本名を書いて来るわけがないから、まあ、偽名だろうな。だが、何か意味のある偽名かもしれん」

「そうですね。喜八って奴なら伊八と名乗ったりして、偽名は本当の名と関係のあることが多いですから」

苦六が、一郎太の意見に賛同する。

「桔梗……秋の七草のひとつだが、桔梗の紋所もあるな。江戸城には桔梗門もあるし」

ぐびりと茶を飲み干した一郎太は、

「さて、行くか」

大刀を手にして立ち上がった。

「本所の幽霊屋敷ですか」

あわてて、苦六も立ち上がる。

「お前は怪我をしているから、留守番だ。お嵐、支度はいいか」

「はい、一郎太様」

長脇差《ながどす》を手にした女渡世人が、きりっとした表情で答えた。すでに、死は覚悟しているのだ。

「留守居役も大事な役目だ。頼むぞ、苦六」

そう念を押してから、一郎太はお嵐を伴って家を出た。

三

「――一郎太様、道が遠回りのようですが」

和泉橋を渡って神田川を越えた一郎太が、左へ曲がって両国橋の方へ行かずに、松枝町の通りを進んで行くので、お嵐が訝《いぶか》しげに訊いた。

「うむ。橋本町の川口屋へ寄って行く」

「えっ」

「親分の辰五郎という奴に会って、話をつけて来る。依頼金の十両を叩き返してな。話をつけずに雲隠れしたら、お前は渡世の掟《おきて》を破ったことになるだろう」

「で、でも……一郎太様が顔を出したら」

「まあ、俺に任せろ」

一郎太は、着流し姿のお嵐の臀《しり》を、ぽんっと軽く叩いた。

「ひ……」

お嵐の足がふらついた。昨夜の後門姦《かん》の途方もない愉悦の記憶が、一瞬、肉体の奥に甦《よみがえ》ったのである。

両手でぴしゃりと自分の頬を叩いて、お嵐は、気持ちを引き締めた。そして、早足で一郎太を追う。

川口屋が見える街角まで来た二人は、店の前に人だかりがしているのを見た。

血相を変えている者、深刻な顔をしている者、何か怒鳴っている者、不安そうにきょろきょろしている者などが、右往左往している。

「何でしょう。揉め事でもあったんでしょうか」

「お嵐。お前は姿を見られないように、そっちの路地に隠れているんだ」

「は、はい……」

お嵐は従順に、一郎太の指図に従う。

その時、店の中から出て来た若い衆が、一郎太のいる角までやって来た。

「おい――」

いきなり、一郎太は、そいつの右肘《みぎひじ》をつかんだ。

「痛《い》ててっ」

急所を親指で押されている若い衆は、悲鳴を上げて一郎太の手を振りほどこうとした。だが、痛くて腕を動かすことができない。

「何をしやがる、このド三一《さんぴん》っ」

三一は武士階級に対する侮蔑《ぶべつ》の言葉であり、頭にドを付けると最大の侮辱語となる。

だが、一郎太は怒りもせずに、にやりと嗤《わら》って、

「一分《いちぶ》、欲しくないか」

「え……？」

苦痛に顔をしかめながらも、若い衆の眼が貪欲に光った。

一分は、一両の四分の一である。

そして、一両は裏長屋暮らしの四人家族の一月分の生活費に匹敵するから、下《した》っ端《ぱ》のやくざにとって、一分は聞き捨てならない金額だ。一分あれば、岡場所でそれなりの女が抱けるのだ。

「嘘でない証拠に、先に渡しておこう」

若い衆の右腕を放した一郎太は、その掌《てのひら》に一分銀を一枚、乗せてやった。若い衆の表情が和《やわ》らぐ。

「兄ィは、川口屋の若い衆だろう」

「へい、旦那。市助《いちすけ》っていいます」

ド三一から旦那とは、大した出世である。

「では、市助兄ィ。川口屋で何があったんだ」

「それが……うちの親分が殺されたんで」

「え、辰五郎が？」

さすがの一郎太も、驚かされた。

「一体、誰に殺されたんだ」

「それがどうも、頭巾の侍らしいんですが、お供をしてた平吉の野郎が腰を抜かしちまって、相手をよく見ていないんですよ」

「ふうむ……では、今、店を仕切っているのは、誰だ」

「そりゃ勿論《もちろん》、代貸《だいがし》の富蔵《とみぞう》兄ィでさあ」

「では、すまんが、その代貸をここへ呼んで来てくれ。礼は、また一分だ」

「難しいけど、やってみましょう」

市助は、すぐに川口屋の方へ駆け戻った。

路地からお嵐が顔を出したが、一郎太は無言で首を横に振る。お嵐は素直に、路地に引っこんだ。

しばらくして、へこへこと何度も頭を下げながら、市助が富蔵を連れてやって来た。富蔵は丸腰ではなく、長脇差を左腰に落としている。

「おう、すまなかったな」

一郎太は、市助の肩を叩いてから、さりげなく、その手に一分銀を握らせる。

「じゃあ、代貸。あっしは、材木町の叔父貴《おじき》のところへ行ってまいりやすっ」

二分を手に入れた市助は、浅草橋の方へ走って行った。

「代貸、親分に不幸があったそうだな」

「御浪人さんは、どなたさんで」

三白眼《さんぱくがん》を光らせて、富蔵は、一郎太を見上げた。

「俺は大門一郎太という者だ。代貸と手打ちをしたいことがあって、わざわざ来てもらったんだがな」

「大門……？」

富蔵は、怪訝《けげん》な顔になる。どうやら、辰五郎はお嵐に一郎太殺しを命じたことを、代貸には話していないらしい。

「辰五郎親分が十両払って、般若のお嵐に消せと命じた、その相手さ」

「何だとっ」

富蔵は、ぱっと跳び下がって、長脇差を抜こうとした。

が、抜くことができない。すかさず追いすがった一郎太が、右の掌で長脇差の柄頭《つかがしら》を押しているからだ。

「手打ちだと言っただろう、仕返しに来たわけじゃない。お前さんにも得になる話だ」

一郎太は、額が触れそうなほど顔を近づけて、代貸に言った。

「う……………」

富蔵は、長脇差の柄から手を放した。

一郎太の言葉を納得したからではない。相手の眼をまともに覗きこんで、飛びかかる寸前の猛虎《もうこ》を前にしたような恐怖を感じたからだ。

「結構だ」一郎太は、右手を柄頭から離した。

「見ての通り、俺はぴんぴんしてるから、お嵐は仕損じたわけだ。そのお嵐は、手傷を負っている」

「お前さんが斬ったのか」

「うん。まあ、そんなところだ」

本当は覆面の射手《いて》に斬られたのだが、一郎太は適当に答えておく。

「で、失敗したから、お嵐は、親分からもらった報酬の十両を返すと言ってる。それで、此《こ》の度《たび》の依頼の件はなかったことにして欲しいのさ」

「ううむ……しかし、渡世のけじめが……」

「返金の十両に、俺が香典代わりに十両、上乗せしよう。さあ、これだ」

相手が返事をしないうちに、一郎太は懐《ふところ》の中に用意していた二十両を、富蔵の手に握らせた。

「どうせ、川口屋の跡目はお前さんが継ぐんだろう。その二十両は好きなようにしてくれ、二代目」

黙って懐に入れても構わない——という意味のことを、一郎太は遠まわしに言った。

二代目と呼ばれて、富蔵は満更でもなかったらしい。にやりと不敵に笑って、

「旦那、お嵐に惚れましたね。自分を殺しに来た女のために十両も払う物好きは、

この世にゃいませんから」

「それは二代目の想像に任せるよ」

「わかった。これで、お嵐のことは手打ちにしましょう」

懐に二十両をしまって、富蔵は言った。

「ところで、辰五郎親分を殺したのは侍だそうだな」

「へい。本当なら、いの一番に旦那を疑うところだが、供をしていた平吉の話じゃ、中肉中背の若い侍だったようです。旦那とは体格が、まるで違う。頭巾をしていたんで、面《つら》は見えなかったそうですが」

「殺されたのは、何時《いつ》かね」

「今日の夜明け前でさあ。妾《めかけ》の家から帰る途中に、柳原通りで斬られました。袈裟懸《けさが》けに一太刀ですよ。どう見ても、やくざの喧嘩剣法じゃねえ。本物の剣術ってやつだ」

死骸の凄惨な様子を思い出したのか、富蔵は、ぶるっと身震いする。

「凄腕《すごうで》の特に襲われるような、心当たりはあるのか」

「うちの親分は、代貸の俺にも内緒で、色んなことに手を出していたようなんで。見当もつきませんや」

「なるほどなあ」

罪業《ざいごう》の罰が当たったわけだな――という言葉を、一郎太は呑みこんだ。

「ところで、二代目。お嵐が殺しを頼まれたのは、昨日の宵《よい》の口らしい。その前に、親分は誰かに会わなかったか」

「そういえば、珍しく麴町《こうじまち》の筧様がいらっしゃいましたね。いつもは、料理茶屋とかに呼び出されるんだが」

「筧……聞いた名だ」

「紀州様の上屋敷の御用人、筧銀之丞様ですよ」

「ああ、そうだったな」

紀州公への直談判《じかだんぱん》に乗りこんだ時、人数を繰り出して自分を討ち取ろうとした用人の顔を、一郎太は思い出した。

あの陰険そうな奴ならば、色仕掛けを使ってでも俺を殺したいと思っても不思議はない――と考える。

すると、頭巾の侍は、誰の命令で辰五郎を斬ったのだろうか……。

「じゃあ、御浪人さん。あっしは通夜の準備で忙しいんで、これで」

二十両分は喋ったと思ったのか、富蔵は、さっさと川口屋の方へ戻って行った。

その姿が見えなくなってから、路地からお嵐が出て来る。

「一郎太様っ」

男の腕にすがりついて、豊かな胸を押しつけるお嵐だ。

「お嵐。俺を殺せと頼んだ奴の見当がついたぞ」

「え、誰ですか」

「道々、話してやる。とにかく、今は幽霊屋敷に行くのが先決だ――」

四

本所には、東西に流れる竪川《たてかわ》と南北に流れる大横川という水路がある。

この二つが十字に交差するところには、北辻橋、新辻橋、南辻橋という三つの橋が架かっていた。

大横川に架かる南辻橋の西側、菊川町一丁目に、元は材木商の寮だったという幽霊屋敷はある。

黒板塀《くろいたべい》の幽霊屋敷の敷地は、七百坪ほどであろう。その屋敷の周囲を一まわりして、一郎太は、大横川から屋敷の中に水が引きこまれて水門が設けてあるのを知った。

「贅沢なものだな。屋敷の中に船着き場があって、あそこから大横川に出られるらしい」

「苫六さんの話では、的場陣内は深川黒江町の家から舟で逃げたということでしたね」

お嵐も、水門の方を見ながら言う。今は、着流しの裾《すそ》を臀端折《しりつぱしょ》りして、動きやすいようにしていた。

「深川の隠れ家を捨てて、どこか遠くに舟で逃げたのかと思っていたら、わりと近い本所の幽霊屋敷に入りこんだ――ということでしょうか」

「そうだ。この幽霊屋敷なら、乗ってきた舟も隠せるわけだからな」

一郎太は、お嵐の顔を見て、

「では、俺は正面から乗りこむ。お前は裏木戸から入ってくれ」

「はいっ」

真剣な表情で、お嵐はうなずいた。そして、南側の裏木戸の方へ走ってゆく。

一郎太は、北側の表門の方へ行った。木戸門は壊れかけていて、一郎太は、何の雑作もなく敷地に入る。

（首尾よく女雛《めびな》を手に入れないと、桔梗という奴に掠《さら》われたお千の身が危ない……）

それを思うと、焼けつくような焦燥感《しょうそうかん》に胸を掻き毟《むし》りたくなるが、強い意志の力でその不安を抑えつけている一郎太だ。

広い庭は荒れ果てて、雑草が伸び放題だ。

まだ正午《ひる》前だし、鬼気迫るという雰囲気ではないが、ここで十人もの命が失われたと思うと、あまりいい気分ではない。

思った通り、庭の東側に池があり、そこが船着き場になっている。そこに、猪牙舟《ちょきぶね》が一艘《いっそう》、係留されていた。

近寄って、近ごろ使用した痕跡《こんせき》があるかどうか確認しようかとも思ったが、母屋《おもや》の探索を優先することにした。

母屋の奥、西側に離れ屋があるのが見えた。

「……」

格子戸《こうしど》が開いたままの玄関から、一郎太は、土足のまま上がりこむ。

雨戸があちこち外されて外の光が入って来るので、家の中を見てまわるのに、明かりは必要なかった。

廊下に積もっている埃《ほこり》には、誰かが出入りしている証拠に無数の足跡がついていた。

度胸試しで幽霊見物に来た物好きな連中のものか、それとも、陣内一味のものであろうか。

玄関脇の六畳には、誰もいなかった。次の八畳間にも、人の姿はない。

家具が見当たらないのは、家は売れなくとも家具は道具屋が引き取ったからだろう。

大量殺人の現場にあったものとはいえ、家具に血の染みや刀疵《かたなきず》がついているわけではない。道具屋が事件のことを隠してしまえば、売りさばくのは簡単である。

五つ目の座敷の押し入れを、一郎太が覗きこんでいると、

「――一郎太様」

台所の方から、お嵐がやって来た。

「裏木戸から入って、離れ座敷と納戸《なんど》、風呂場、台所や後架も見ましたが、人はいません。ただ、離れには夜具が二組あって、台所で水を使った跡はあります。後架には、落し紙も置いていていました」

落し紙とは、現代でいうトイレットペーパーのことだ。清紙《きよがみ》ともいう。

「寝る、喰う、出す……人がいたのは間違いないわけだ」

「陣内たちは、暗くなってから戻って来るのでは」

「そうだな」一郎太は同意してから、

「離れに行こう。夜具があるなら、女雛もその部屋のどこかに隠してあるかもしれん」

「はいっ」

二人は、母屋と渡り廊下で繋がれた八畳間に入った。この離れは客用なのか、後架も付属している。

お嵐は押し入れの中を捜し、一郎太は床の間を調べた。しばらくの間、捜しまわってから、

「あったか」

「いいえ……」

二人は顔を見合わせて、落胆した。

「一郎太様。これは、どこかに隠れて、奴らが帰って来るのを待った方が……」

「しっ」

一郎太が、お嵐を制した。

「今、何か聞こえなかったか」

第十章　刀腰女《とうようめ》、絶叫

一

離れ屋の裏に、雑草に囲まれて土蔵が建っている。

土蔵の明かり取りの窓から、その悲鳴は洩れていた。

「ひいィィ――っ……」

長く尾を曳く、女の悲鳴であった。

大門一郎太《だいもんいちろうた》と般若《はんにゃ》のお嵐《らん》は、音を立てぬようにして、その入口に近づく。観音開きの扉は、三寸ほど開いていた。

「……………？」

その隙間《すきま》から中を覗いた一郎太は、異様な光景を見た。

明かり取りの窓から陽光が射しこんでいるので、蔵の中は意外と明るい。

天井の梁《はり》から丈夫な太い縄が垂らされて、その先に湾曲した鉤《かぎ》が取りつけられている。その鉤に、一人の女が吊るされていた。

墨衣《すみごろも》を纏《まと》った、青頭《あおあたま》の美しい尼僧である。年齢は二十一、二だろう。きりっとした顔立ちの美女だ。

両手首と両足首を縛られて、まるで猟師が捕った獲物のように、その鉤に仰向《あおむ》けの姿勢で宙吊りにされているのだ。

墨衣や白い小袖《こそで》、肌襦袢《はだじゅばん》、腰布まで捲《まく》り上げられて、臀部《でんぶ》が剝《む》き出しになっている。

両足は〈くの字〉に曲がっているから、火炎形の繁みに飾られた菫色《すみれいろ》の花園だけではなく、灰色がかった後門まで丸見えになっていた。

その臀《しり》には、数条の赤い痣《あざ》がついて腫れ上がっている。

びしっ、と弓の折れが叩きつけられて、またも尼僧が甲高《かんだか》い悲鳴を発した。

弓の折れを使ったのは、作務衣《さむえ》姿の背の低い男だ。月代《さかやき》を伸ばし、鍾馗《しょうき》様のように顎髭《あごひげ》を長く垂らしている。

「どうだ、智照尼《ちしょうに》っ」鍾馗髭は喚《わめ》いた。

「この牝犬《めすいぬ》め、思い知ったか」

「お許しを……陣内様《じんない》、お許しを……」

智照尼と呼ばれた尼僧は、息も絶え絶えに言った。やはり、この作務衣の男が的場《まとば》陣内なのである。

「許さぬぞ、思い知らせてやる」

陣内の脇には大きな卓があり、そこに様々な拷問《ごうもん》用の器具が並べられていた。割れ竹の打ち棒、南蛮鞭《むち》、針、火のついた太い蠟燭《ろうそく》、鋏《はさみ》、毛抜き、包丁などである。

水晶の数珠《じゅず》が置いてあるのは、智照尼の持ち物であろう。

鼈甲《べっこう》細工の張形《はりがた》もあった。張形とは、女性が自慰をする時に用いる擬似男根のことだ。

陣内は、精巧な造りの太い張形を手にして、

「よし。こいつで、お前の気取った秘女子を滅茶滅茶にしてやる」

「やめて、それだけは厭《いや》っ」

必死で藻掻《もが》く智照尼だが、両手両足を拘束され、吊り下げられているのだから、どうにもならない。はだけられた襟元《えりもと》から見える白い乳房が、揺れるだけだ。

「ふふ、ふ。ここを抉《えぐ》ってやるぞ」

細い両眼をぎらつかせながら、陣内は、張形の先端を女の亀裂にあてがう。

尼僧の目が恐怖に見開かれた——その時、抜刀した一郎太とお嵐は、土蔵に飛びこんだ。

「むっ⁉」

驚いた陣内は、張形を放り出すと、敏捷《びんしょう》な動きで壁に立て掛けてあった大刀を手にした。そして、卓を蹴っ飛ばす。

「おっ」

飛んで来た卓を避けるために、一郎太は、脇へ動いた。

その間に、お嵐が陣内に長脇差《ながどす》を振り下ろす。刃《やいば》を返して、相手に峰を向けている。陣内を斬り殺したら、口を割らせることができないからだ。

「ちっ」

大刀を抜き様、陣内は、お嵐の長脇差を弾き返した。そして、彼女の脇を駆け抜けようとした。

「待てっ」

間合が遠いので、一郎太は右手だけで大刀を振るった。

「うっ」

切っ先で右の二の腕を斬られた陣内は、大刀を取り落とした。拾い上げるような余裕がないので、そのまま入口の方へ走る。

「お嵐、頼むっ」

「はいっ」

外へ飛び出した的場陣内を、お嵐が追いかけて行った。

二

「今、助けてやるからな」

納刀した一郎太が、吊り下げられている尼僧に声をかける。

尼僧は、がっくりと首を落とした。安心して、気絶したらしい。

卓を、その智照尼の真下に持って行くと、一郎太は、梁《はり》から吊り下げられている太い縄を切断した。尼僧の軀《からだ》が卓の上に落ちる。

それから、智照尼の手足を縛っていた縄を解いた。乱れた襟元《えりもと》や裾前《すそまえ》を、一郎太は簡単に直してやってから、

「しっかりしろ」

軽く、尼僧の頰を叩く。智照尼は、ゆっくりと切れ長の目を開いた。

「あぁっ」

飛び起きた智照尼は、卓から下りると、両腕で一郎太の太い首にすがりつく。

「安心しろ。もう、大丈夫だから」

一郎太は、赤子をあやすように尼僧の背中を叩いてやった。それから、自分の首に巻かれた智照尼の腕を静かに解いて、その顔を見る。

「俺は、大門一郎太という者だ。お前さんは、あの的場陣内に掠《さら》われて来たのかね」

「それが……あ、あの……あの……」

舌が縺《もつ》れて、上手く喋れないような智照尼であった。

「落ち着きなさい。事情は、気を鎮めてからでよいから」

「お数珠《じゅず》……わたくしのお数珠が……」

「ん？　卓を引っ繰り返した時に、床に落ちたのかな」

尼僧に背を向けて、一郎太は床を見まわした。

「お、あれか」

空の櫃《ひつ》の脇に、水晶の数珠は落ちている。一郎太は身を屈《かが》めて、それを拾おうとした。

その刹那《せつな》、彼の背中に包丁が振り下ろされた。

背中に目があったかのように、一郎太は鮮やかに、その包丁をかわした。そして、包丁を手にした相手の右腕をつかむ。

それは、智照尼の腕であった。かわされるはずのない攻撃をかわされて、尼僧は驚愕の表情になっている。

一郎太が背を向けた隙に、智照尼は、床に落ちていた包丁を素早く拾ったのであった。

「……やはり、そうか」

一郎太は、静かに言った。

「さっき、腕に触れた時、尼僧にしては筋肉が発達しすぎていると思った。尼でもないのに剃髪《ていはつ》して筋肉の発達した女といえば……お前、刀腰女《とうようめ》だな」

刀腰女――読んで字の如く、〈刀を腰に差した女〉である。別式女《べつしきめ》とも呼ぶ。

旗本、御家人、浪人などの娘が、武芸を修めて、大名や大身《たいしん》旗本の奥方や姫の護衛役をするのだ。

男の藩士や家来の警護役は、女人を警護する場合、湯殿、寝所、後架などのように同行できない場所がある。

しかし、女の警護役である刀腰女ならば、どんな場所にでも行けるし、男と違って警護対象と性的な間違いを犯すこともない。

そして、普通の腰元ではなく警護役だということが、事情を知らぬ者にも一目でわかるように、刀腰女は頭を剃るのが普通であった。

だから、刀を帯びずに墨衣を纏うと、見た目は尼僧と区別がつかないのである。

しかし、尼僧の格好をした刀腰女が、的場陣内に囚われて臀を打たれていた理由が、まったくわからない。

「う……」

刀腰女の右手から、包丁が床に落ちた。一郎太が右肘《みぎひじ》の急所を圧迫したので、手に力が入らなくなったのだ。

次の瞬間、

「しぇっ」

刀腰女は短い気合とともに、左の人差し指と中指を一郎太の顔面に突き立てようとした。

目突きである。

一郎太は、とっさに刀腰女の軀を突き飛ばした。

墨衣の刀腰女は、突き飛ばされた勢いを利用して一回転すると、機敏に立ち上がる。

本気で二指による目突きが成功すると思ったわけではなく、右腕を自由にして一郎太から離れるのが目的だったのだ。

ぱっと間合をとると、刀腰女は、そばの長持の中から大刀を取り出す。すらりと抜き放った。

「お前は、的場陣内の仲間なのかっ」

一郎太は、大刀の柄《つか》に手をかける。いきなり、一郎太を殺そうとした理由は、それしか考えられなかった。

「……………」

その問いかけに刀腰女は答えず、正眼に構えたまま、じりじりと前進する。その構えを見ただけで、一郎太には、彼女が並以上の腕前であることがわかった。

と、刀腰女は一気に間合を詰めて来た。

「ええええいっ」

振りかぶった大刀を、一郎太の頭目がけて振り下ろす。大胆にも、真《ま》っ向《こ》う唐竹割《からたけわ》りを狙っていたのだ。

が、一郎太の鞘《さや》から滑り出た大刀が、その刃《やいば》を打ち払う。甲高い金属音とともに、火花が飛び散った。

刀腰女は、刃を払われた方向へ跳んだ。そこにあった櫃を蹴飛ばして、体勢を立て直すと、今度は諸手《もろて》突《づ》きを繰り出す。

突きをかわした一郎太は、真上から大刀を振り下ろして、その刀を叩き落とした。

素手になった刀腰女が逃げる隙を与えず、一郎太は、相手の首の付け根に峰打ちを叩きこむ。

「ぐ………」

さすがに、刀腰女は倒れた。意識を失っている。

「お?」

鞘に大刀を納めた一郎太は、倒れた櫃から転げ出ているものに、目を引かれた。

それは、芝居に使用する鬘《かつら》であった。遊び人などを演じる時に役者が被る、月代を伸ばした鬘だ。

少し考えてから、一郎太は、その鬘を気絶している刀腰女に被せてみた。ぴたりと合う。

「ううむ……」

一郎太は唸《うな》った。

剃髪した青頭が隠れて月代の伸びた髪になると、この刀腰女は美青年のように見えた。

（お千《せん》が辻燈台《つじとうだい》に隠した女雛を奪った若い男というのは、この刀腰女の変装ではなかったのか……）

その詮議も必要だが、もっと重要かつ差し迫った問題があった。

女雛《めびな》の隠し場所である。

一郎太は鬘を脱がせて、墨衣の片袖《かたそで》を引き千切った。舌を嚙んで自害しないように、そいつで刀腰女に緩く猿轡《さるぐつわ》を嚙ませる。

そして、先ほどの縄で、刀腰女を後ろ手に縛った。さらに、両足で胡座《あぐら》を搔かせると、そのまま前へ倒す。

刀腰女は、頭と肩、それに両膝で体重を支える格好になった。その墨衣や肌襦袢などを捲り上げて、下半身を剝き出しにする。

臀も、谷間の奥の後門も、女華も、女の羞恥《しゅうち》の部分がすべて丸見えであった。

これを、〈座禅転がし〉と呼ぶ。

小伝馬町《こでんまちょう》の牢《ろう》屋敷で、牢役人たちが女囚《じょしゅう》を犯すために考えついたといわれているが、その真偽は、わからない。

ただ、この座禅転がしにかけられた女が、男の獣欲に対してまったく抵抗できないことだけは、事実であった。

よく見ると、刀腰女の臀の双丘《そうきゅう》には、何かで打たれた古い痣《あざ》が幾重にも重なりあっていた。つまり、日常的に臀を打たれていたのだろう。

「気は進まんが……刻《とき》が惜しい」

袴《はかま》の前の無双窓《むそうまど》から、一郎太は肉根をつかみ出した。それは、まだ、だらりと垂れ下がる休止状態であった。

沈痛な瞳で刀腰女の菫色をした女華を見下ろして、一郎太は、そいつを扱《しご》き立てる。すぐに、肉根は猛々《たけだけ》しく屹立《きつりつ》した。

一郎太は、刀腰女の後ろに片膝立ちになった。巨砲の先端を、菫色の亀裂ではなく、灰色がかった後門に密着させる。

放射状の皺《しわ》の中心部を、石のように硬い剛根で、前戯抜きで強引に貫く。

「……おアアアっ！」

瞬時に覚醒した刀腰女は、喉の奥から絶叫を迸《ほとばし》らせた。

自分の手首よりも太い灼熱の巨根に突入されて、後門から頭の天辺まで爆発的な激痛が走り抜けたことであろう。

長大な巨根は、女の後門括約筋《かつやくきん》によって、ぎりぎりと信じられないほど強く締めつけられている。

どうやら、この刀腰女は、後門性交は初体験らしい。

一郎太の業物《わざもの》でなく、普通の男の硬度であれば、喰い千切られそうなほどの圧力であった。

「答えろ。お前が辻燈台から持ち去った女雛は、どこだ」

「う……ぐぐ………」

猿轡を噛みしめて、刀腰女は激痛を堪《た》える。

全身の力を抜いて括約筋を緩めれば少しは楽になると頭ではわかっているのだが、人間の軀というものは理屈通りにはいかないのだ。

「俺には、何があっても守ってやらなければならない娘がいる。お前が答えぬとあらば、力づくで是が非でも口を割らせるぞ」

非情の宣告をしてから、一郎太は、赤く腫れた女の臀肉を両手で鷲《わし》づかみにした。そして、巨根の抽送《ちゅうそう》を開始する。

「ぎゃっ、ぐっ……がはっ……」

刀腰女は、猿轡の奥から不明瞭な悲鳴を洩らした。

火のついた薪《まき》で腸《はらわた》の中を掻きまわされているようなものだから、無理もない。女の顔は脂汗にまみれていた。

一郎太は無表情で、刀腰女の臀孔を責め続ける。

「吐け。女雛の在処《ありか》を言えば、抜いてやる」

その言葉に、刀腰女は首を左右に振った。

しばらくの間、巨根攻撃を続けた一郎太は、様子を見るために腰の動きを止める。すると、

「厭《いや》っ」刀腰女が叫んだ。

「やめないで……やめては厭っ」

予想外の女の言葉に、一郎太は我が耳を疑った。腰を引いて男根を抜こうとすると、

「抜いちゃ駄目っ…でっかいお珍々で……、もっともっと、犯してっ」

巨根を深く咥《くわ》えこもうと、もぞもぞと臀を蠢《うごめ》かして、刀腰女は懇願する。

「むむ……お前は泣嬉女《なきめ》だったのか」

一郎太は、ようやく事態を理解した。

泣嬉女とは、苦痛を与えられることによって性的な絶頂に至る被虐嗜好《ひぎやくしこう》の女を指す。現代の言葉でいえば、マゾヒストである。

刀腰女の臀に古い痣が幾重にも重なっていたのは、常習的に臀を打たれて悦《よろこ》んでいたからなのだ。

先ほどの〈拷問〉も、罪もない尼僧がいたぶられるという設定で陣内と刀腰女が行っていた、倒錯プレイだったのであろう。

それを一郎太たちに邪魔されたが、倒錯プレイだとは気がつかないことを利用して、刀腰女は哀れな被害者を装い、一郎太を背後から刺殺しようとしたのだ。

泣嬉女だとわかれば、口を割らせるには、より強い責めを与えるしかない。

一郎太は、半ばまで抜きかけた巨根で、ずんっ……と排泄孔《はいせつこう》を突いた。

刀腰女は、喜悦の悲鳴を上げる。

「お前の名は」

力強く臀の孔を責めながら、一郎太は尋ねた。

「さ、佐和《さわ》……あひぃっ……わたくしは小田島《おだじま》佐和……」

「佐和、鬘を被り遊び人の男に化けて、女雛を持ち去ったのは、お前だな」

「はい……も、もっと抉《えぐ》ってっ」

ふと、一郎太は思いついたことがあった。

「深川の隠れ家を見張っていた芳松《よしまつ》という早耳屋《はやみみや》を斬り殺したのも、お前ではないのか」

「んあァっ……そうです……うぐっ」

「女忍《くのいち》を使って、女雛を横取りしようとしている奴がいる。桔梗《ききょう》と名乗っているが、心当たりはあるか」

「わかりません……わたくしはただ、陣内様の命令で動いているだけ……おおアォオっ」

排泄孔を蹂躙《じゅうりん》される痛みを快楽に転化させて、小田島佐和は動物のように呻《うめ》いた。

「陣内の仲間は、お前だけなのか」

「は、はい……」

「で、女雛はどこだ」

「お珍々で、逝《い》かせてっ」

猿轡の奥から、佐和は叫んだ。

「わたくしを逝かせてくれたら……お話しします」

「仕方ないな――」

一郎太は、腰の動きを速めた。刀腰女の臀孔を、突きまくり、犯しまくる。

二人の快楽曲線が、ついに交差した。

一郎太は、熱湯のような聖液の奔流を底なしの孔の奥に叩きこむ。消化器官の粘膜を焼き尽くすような白い溶岩流を浴びせられて、佐和も達した。

しばらくの間、一郎太は強烈な後門姦《かん》の余韻を味わってから、佐和の猿轡と手首の縛《いまし》めを外してやった。

「佐和、言ってくれ。女雛はどこだ」

「……右手の棚に」

気怠《けだる》げに、佐和は言う。

「その棚の茶筒の中……」

それを聞いた一郎太は、ずるりと肉根を引き抜いた。猿轡にした墨衣の袖で、それを拭った。

ぽっかりと口を開いたままの刀腰女の臀孔から、透明になった聖液がとろりと流れ出る。

一郎太は、錆《さび》の浮いた茶筒の蓋《ふた》を開けた。中から、見事な一刀彫りの女雛を取り出す。

そして、底面の一部を外して、中から小さく折り畳んだ紙を取り出した。

「これが、三万両の隠し場所を書いた文書か……ん？」

見ると、全裸の佐和が彼の前に跪《ひざまず》いて、柔らかくなった男根を舐めまわしていた。

自分の排泄孔を蹂躙していたものであるにもかかわらず、美味《おい》しそうに舌を使っているのは、小田島佐和が本物のマゾヒストだからであろう。

「旦那様。立派なお珍々を、浄めさせていただきます……」

そう言って、刀腰女は肉根を咥える。的場陣内が与えるよりも、もっと大きい責めの快楽を与えたことによって、一郎太の立場は敵から旦那様に引き上げられたらしい。

とりあえず、彼女の好きにさせておくことにして、一郎太は、文書を広げた。

「何だ、これは？」

大門一郎太は、驚いた。

その紙に書かれてあったのは、たったの三文字――「三　三　三」であった。

第十一章　姉妹双姦《そうかん》

一

百数十年前——紀州大納言頼宣《よりのぶ》が由比正雪《ゆいしょうせつ》に与えた三万両の軍資金の隠し場所、それを示した暗号は「三　三　三」であった。

（『三三三』とくっつけずに、一文字ずつ離したところを見ると、三文字でひとつの言葉というわけではないな）

美貌の刀腰女《とうようめ》・小田島佐和《おだじまさわ》に肉根をしゃぶらせながら、大門一郎太《だいもんいちろうた》は、頼宣直筆という文書を見ながら考えた。

（最初の三は三万両を指すとして、すると、次の三は地名か町名か。三なら、三河町……三河町三丁目か。それでは大雑把すぎる。では、最初の三を三河町として、三河町三丁目に三のつく屋号の店でもあるのか。そういう店が寛永年間にあ

ったとしても、今もあるとは限らんしなあ）

しかし、頭に三のつく町名は、江戸府内で三河町以外にも三島町も三田町もあるのだ。三十間堀町《さんじつけんぼり》という町名もある。

そもそも、三を「さん」と読ませて、山王町や山谷浅草町という可能性もあるのだ。

三年坂という地名や、三年橋という橋もある。いや、ひょっとして、三橋とか三沢とかいう姓の武家屋敷を指しているのかもしれない。

（こいつは厄介だな。解読する手がかりが、何もないんだから……）

一郎太は、屹立《きつりつ》した男根を熱心に舐めしゃぶっている佐和を見下ろして、

「おい、佐和」

「……はい」

玉冠部《ぎよくかんぶ》から口を外して、佐和は返事をする。

「的場陣内《まとばじんない》は、この暗号を解いたのか」

「いいえ。解けませんでした。それで、憂《う》さ晴らしに、わたくしを尼僧に見立てて吊り責めを……」

「お前と陣内は、どういう仲なのだ」

「陣内様は、わたくしの最初の殿方でございます……四年前、十七の時に、あの方に操《みさお》を奪われ、責めの味を教えこまれました。牝《めす》奴隷にされたのです」

「陣内の素性《すじょう》を話してくれ」

「……………」

佐和は目を伏せて、黙りこんだ。

「まだ、惚れているのか」

「わかりません……今のわたくしの旦那様は、一郎太様です」

血管の浮き出た茎部に愛《いと》しげに頰ずりをしながら、美貌の刀腰女は言う。

「誰にも許していないお臀《しり》の孔《あな》まで犯されて……目も眩《くら》むような被虐《ひぎゃく》の悦《よろこ》びを与えていただいたのですから。わたくしの軀《からだ》も命も、すべて一郎太様に捧げます。でも……」

佐和の声は弱々しかった。

「陣内様は…最初の男性ですから………」

「わかった」

先ほどと同じように、後門でも女器でも荒っぽく犯してやれば、強度の被虐嗜《し》好《こう》の佐和は口を割るだろう。しかし、一郎太は、そういう真似を二度もしたくなかった。

佐和は安堵したように、再び、肉根をしゃぶり始める。

(だが、この暗号は解きたい……この文書を渡すだけでは、桔梗《ききょう》が無事にお千《せん》を返すという保証はないからな。こちらが有利になる状況を作っておかねば……)

もっと謎解きに集中したい一郎太だが、刀腰女の口唇《こうしん》奉仕の快感が邪魔であった。

「佐和。その辺でいいだろう」

「いえ……飲ませていただきたいのです、旦那様の精を」

しゃぶりながら、不明瞭な声で佐和は言った。

「精が駄目でしたら、お小水でもよろしいのです。佐和は、喜んで飲ませていただきます」

「いや……それは、やめておこう」

佐和の高度な要求に、辟易《へきえき》する一郎太であった。

「わかった、今、精を飲ませてやる。それで満足するのだぞ」

刀腰女が咥《くわ》えると、一郎太は、彼女の青頭《あおあたま》を両手で押さえた。そして、腰を使う。彼女の喉の奥へ突き入れる。

「おぐっ…うぷっ……ん、ごぷぷっ」

口腔《こうこう》を巨根で犯される強制口姦《こうかん》によって、佐和はひどく興奮したらしい。えずきながらも、快楽に頬を紅潮させて、積極的に舌を玉冠部に絡める。

「出すぞ。飲むのだ、一滴残らずな」

マゾヒストの佐和が喜びそうな台詞《せりふ》を言ってやる、一郎太だ。

ついに、玉冠部が膨れ上がって、吐精が開始された。短時間で充塡《じゅうてん》された聖液が、怒濤のように佐和の喉を直撃する。

その時、

「あ………」

一郎太の脳裏に、閃《ひらめ》いた記憶があった。その記憶が、連続的に幾つもの事実と繋がり合う。

「そうか、わかったぞ！」

二

「――よし」

二通の手紙を書き上げた一郎太は、片方を般若《はんにゃ》のお嵐《らん》に渡し、もう一通を小田島佐和に渡した。

「お嵐は、その文《ふみ》を螢沢《ほたるざわ》の家で待っている苫六《とまろく》に渡してくれ。佐和は、それを紀州藩上屋敷にいる江戸家老の羽佐間《はざま》監物《けんもつ》殿に届けてくれ。その後のことは、文の中に書いてある」

一郎太とお嵐、佐和の三人がいるのは――浅草諏訪町《すわちょう》の〈滝波《たきなみ》〉という船宿、その二階座敷であった。

昨日の早朝、早耳屋《はやみみや》の苫六に連れて来られた船宿である。二人組の女忍《くのいち》によって破られた建具は、もう入れ替えられていた。

――一郎太が暗号を解いた直後に、お嵐がようやく戻って来て、的場陣内を見失ってしまったと詫びた。

一郎太は、陣内を捜しまわったお嵐の努力をねぎらってやった。それから、船着き場の猪牙舟《ちょきぶね》に三人で乗ると、竪川《たてかわ》から大川に出て遡《さかのぼ》り、この船宿までやって来たのである。

船頭は、佐和が務めた。青頭《あおあたま》のままであえて人目をひくこともないので、佐和は小袖《こそで》に袴《はかま》という姿で、月代《さかやき》の伸びた鬘《かつら》を被っている。

その格好だと、佐和は、遊興に身を持ち崩した旗本の三男坊のように見えた。

お嵐と佐和は、相手が一郎太に抱かれた女と見ぬいて、視線と視線で火花を散らしていた。

が、途中で一郎太が、「いいか。俺は今、掠《さら》われたお千《せん》を無事に取り戻すために精一杯で、お前たち二人を宥《なだ》めているような余裕がない。黙って俺と行動を共にするか、それが厭《いや》なら去るか、船宿に着くまでに決めろっ」と命令した。

一郎太に惚れきっているお嵐と佐和は、それで、嫉妬の角を納めたのである……。

「お嵐は駕籠《かご》を雇え。佐和は、あの猪牙舟を使うがいい」

念のために二人に五両ずつ渡して、一郎太は言いつけた。

「一郎太様は？」

お嵐が尋ねる。

「俺は、ここの屋根船で待つ」

「旦那様。待つといいますと……誰を？」

今度は、佐和が尋ねた。

「桔梗の手の者だ」と一郎太。

「今朝の文には、陣内から女雛《めびな》を奪って来いとあったが、それが成功したら、どうやって連絡を取るのかが書いていなかった。ということは、桔梗の手先が、遠巻きにして俺を見張っているに違いない。だから、俺が一人になれば、必ず、姿を見せるはずさ」

「桔梗という奴の手先が姿を見せたら、どうなさるんですか」

緊張した顔で、お嵐が言う。一郎太は、笑みを浮かべて、

「心配するな。さ、二人とも早く行ってくれ」

三

桟橋《さんばし》に係留した屋根船は、その船房が四畳ほどであった。

すぐに酒肴《しゅこう》の膳が運ばれて来たので、一郎太は手酌で飲む。大刀は、左脇に置いていた。

午後の陽《ひ》にぽかぽかと照らされて、船房の中は蒸れるような暖かさであった。

窓の障子を開ければ、大川の対岸にある普賢寺《ふげんじ》や番場町の町屋などが見えて穏やかな微風《そよかぜ》も入って来るだろう。だが、一郎太は、障子を閉ざしたままにしてい

た。

男女の密会にも利用される屋根船だから、行灯《あんどん》の脇には後始末のための桜紙を入れた箱も置いてある。

ぎしぎしと桟橋を踏む音がして、誰かが艫《とも》に乗った。

「お客様」

艫から、若い女の声がかかった。

「少し早いかもしれませんが、燗徳利《かんどくり》のお代わりをお持ちしました」

「おう。ちょうど、空いたところだ」

一郎太は、上機嫌の口調で言う。

「今、開けるからな」

気軽に腰を伸ばして、一郎太は、艫に面した板戸を開ける。

その喉元に、ぴたりと両刃の武器が押し当てられた。

「む……」

一郎太は、動きを止めた。

柳の葉のような形状のそれは、苦無《くない》と呼ばれる忍び武器である。

苦無を右手で構えているのは、海老茶色《えびちゃいろ》の袖無《そでな》し上衣を着た女だった。

昨日、船宿の二階で襲って来た女忍《くのいち》である。

海老茶色の手甲《てっこう》と脚絆《きゃはん》を着けているが、昨日と違って同色の覆面はしていないので、顔は見える。
十七、八の娘で、唇の右側に小さな黒子《ほくろ》があった。顔立ちは、意外に可愛い。町娘の格好をしていたら、到底、女忍とは見破れないだろう。
引っつめにした髪は後頭部でまとめて、残った部分を項《うなじ》に垂らしている。

「声を立てるな」

その女忍は言った。

ほぼ同時に、川に面した側の窓の障子が開いた。

そして、いつの間にか、屋根の上に乗っていた女忍が、半回転して、足先からするりと入って来る。その時、緋色《ひいろ》の女下帯《おんなしたおび》が見えた。

その女忍は、大刀を踏みつけて一郎太が取れないようにすると、窓の障子を閉めた。

驚いたことに、その女忍の顔は、艫にいる女忍と瓜《うり》二つであった。違うのは、黒子が唇の左側にあることくらいだ。

二人とも、草鞋《わらじ》を履《は》いている。

「お前たちは双子か」

「喋るなと言っただろうっ」

船房へ滑りこんだ苦無の女忍は、板戸を閉める。

「桔梗とかいう奴に雇われている女忍だな。双子とは知らなかった。混乱しないように、名を教えてくれ」

相手の威嚇を無視して、一郎太は呑気な口調で言った。武装解除されて刃物を押しつけられているのに、焦った様子はない。

「あたしは狭霧《さぎり》」

窓から入った方の女忍が、言った。これも右手で苦無を構えて、斜め後ろから一郎太の首にあてがう。

「そっちは、妹の夜霧《よぎり》だ」

「それは粋《いき》な名前だな。昨日も、先に飛びこんで来たのが妹の夜霧で、隣の座敷から襲って来たのが姉の狭霧というわけか」

「そうだ。気が済んだら、女雛《めびな》を渡せ。幽霊屋敷で手に入れたのは、わかってるんだ」

苦無を構えたまま、夜霧が言う。

「俺の懐《ふところ》に入ってる。勝手に取り出してくれ」

「………」

夜霧は一郎太の顔から目を離さないまま、左手を男の懐に入れた。

「ないぞ、どこだ」

「いや、もっと奥だよ」

「奥だと……？」

自然と、夜霧の視線が一郎太の懐に落ちた。狭霧も、男の懐に目をやってしまう。

その瞬間、一郎太の両手が閃《ひらめ》いた。

両手で、夜霧と狭霧の右手首をつかむと、捻《ひね》りながら下げる。畳に、二本の苦無が深々と突き刺さった。

そして、ぱっと女忍の手首を放すと、拳《こぶし》を二人の鳩尾《みぞおち》に突き入れた。素晴らしい早業《はやわざ》であった。

「う……」

「む……」

二人の女忍は、呆気《あっけ》なく失神する。

「やれやれ」

一郎太は、吐息を洩らした。予想通り、一人きりになったら、桔梗に雇われた女忍が姿を見せたのである。これで、お千を取り戻すことができるだろう。

桟橋を踏む足音から、相手が女忍だとわかっていた。

本当に船宿の女中が酒を持って来たのなら、からころと下駄の音がしたはずなのである。足音は、明らかに草履を履いた者のそれであった。山奥の峠の茶屋か何かならいざ知らず、浅草の船宿で、草鞋履きの女中が働いているわけがない。

一郎太はわざと隙《すき》を見せて、女忍が二人揃うのを待ってから、一瞬の隙を突いて反撃したのである。

邪魔にならないように膳を隅に片付けると、一郎太は、手早く二人を裸にした。彼女たちが身に着けた武器や忍び道具を、奪う。

狭霧の持っていた革袋には、三十枚の小判が入っていた。これが、今回の仕事の報酬らしい。

手拭いを裂いて、舌を嚙まぬように、緩く猿轡《さるぐつわ》を嚙ませた。そして、二人を抱き合わせるようにして、彼女たちが持っていた細紐《ほそひも》で縛った。

上が姉の狭霧、下が妹の夜霧だ。上の狭霧が、下の夜霧の背中を両腕で搔きいだいている。

夜霧もまた、上になった姉の背中を抱いている。互いに、右腕が相手の左の腋《わき》の下を通り、左腕が相手の右肩を越えて、左肩の後ろで両手首を縛られた格好だ。姉妹の腕が交差しているので、仮に手首や肩の関節を外せたとしても、紐を解くのは無理であろう。

やや小さめの胸乳《むなぢ》と胸乳が密着し、平べったい腹部も重なっている。下の夜霧の両足は、上の姉の腰に絡みついていた。その両足首も、細紐で縛られている。上になった狭霧の両足は、跪《ひざまず》くように曲げられて膝を畳につけている。二人とも、臀《しり》と股間を一郎太の方へ突き出しているような格好であった。

忍びの修業で鍛えられているためか、臀は少年のように引き締まって、小さかった。

双子の女忍が身に着けているものは、海老茶色の手甲と脚絆、それに幅の狭い緋色の女下帯だけだ。

紐のように幅が狭い下帯なのに、二人とも両脇から恥毛は、はみ出していない。

一郎太も、下帯一本の半裸になると、女忍姉妹の女下帯を剝《は》ぎ取った。

裸で手甲と脚絆だけは身に着けているのが、全裸よりもエロティックであった。

二人は、秘部も後門も剝《む》き出しになる。恥毛は一本も見えなかった。しげしげと覗きこむと、生まれつきの無毛ではなかった。丁寧に剃った痕跡《こんせき》がある。動きやすさを重視して細めの女下帯を締めたので、それに合わせて恥毛も処理したのであろう。

一対の花弁が少し頭を出している亀裂は、茜色《あかねいろ》をしていた。後ろの排泄孔《はいせつこう》は、くすんだ梔《くちなし》色をしている。

女器も後門も、まったく同じ形状、同じ色合いであった。

相違は、唇と同じように、姉の狭霧の女華の左側に小さな黒子が、妹の夜霧の女華の右側に黒子があることだけだ。

「さて――」

一郎太は、右の人差し指の先を口に含み、唾液で濡らした。

そして、上になっている姉の狭霧の亀裂に人差し指で触れる。一対の花弁の間に分け入って、女門に静かに指の先を、ぬぷっと挿入した。

内部から押し返す抵抗があった。処女膜である。

念のために、妹の夜霧の花園にも中指を挿入してみた。やはり、処女膜が行く手を阻《はば》んでいる。

つまり、この双子女忍は、姉も妹の生娘《きむすめ》なのであった。

「…………」

一郎太は、左の人差し指の先も舐める。そして、右手で妹の夜霧の花園を、左手で姉の狭霧の花園の愛撫を始めた。

丁寧に愛撫をしていると、気を失ったままでも、自然と透明な愛露が湧き出して来る。そして、

「んぅ……………」

姉の狭霧が、先に目を覚ました。

「あっ⁉」

自分と妹が置かれている状況を見て、愕然《かくぜん》とする。さらに、女器を愛撫されていることにも気づいて、

「や、やめろっ」

猿轡の奥から、狭霧が叫んだ。

「女忍は男を誑《たぶら》かす術《すべ》も学ぶと聞くから、生娘とは意外だったな」

愛撫を続行しながら、一郎太は落ち着いた声で言う。

「我ら姉妹は、そのような色仕掛けには頼らぬ。磨き抜いた忍びの術で勝負する

のだっ」

「妹ともども、その術は破れた。潔《いさぎよ》く、雇い主の桔梗の正体を教えてくれ」

「知らぬっ」

狭霧は、そっぽを向いた。その時、下になっている妹の夜霧も意識を回復した。

「あ、姉者……」

「夜霧、何も喋るな。忍び者の掟《おきて》を忘れるなよっ」

「は、はい……」

女としても忍者としても絶体絶命の状況にあることに気づいた夜霧だったが、姉の命令に素直にうなずいた。

だが、親指の腹で後門まで撫でられると、

「む……ふ……」

無表情を装っていた二人の唇から、堪えきれない甘い呻《うめ》きが洩れてしまう。

上の狭霧の花園から愛汁《あいじゅう》が滴《したた》り落ち、下の夜霧の花園から溢れた愛汁が、己《おの》れの後門を濡らしていた。

「まだ、言う気にならぬか」

「見損なうなっ」

狭霧が叫ぶ。その声は、震えていた。

「仕方がない」

二人の花園から手を離すと、一郎太は白い下帯を外した。

幽霊屋敷の土蔵の中で、一郎太は、小田島佐和の後門に一度、その口の中に一度、合計で二度も吐精した。にもかかわらず、その男器は逞《たくま》しくそびえ立っている。

「俺は、お千を取り戻すためには鬼になる男だ」

一郎太は、巨根の先端を姉の狭霧の花園に押し当てた。

「や、やめろっ」

「では、素直に喋るのか」

「……………」

狭霧は黙りこんだ。

「そうか」

一郎太は、押し当てた玉冠部《ぎょくかんぶ》を円を描くように動かして、花園を愛撫する。その刺激によって、さらに愛汁が湧き出した。

歯をくいしばって快楽を抑えつけようとする狭霧だが、それでも甘い喘《あえ》ぎを発してしまう。

狭霧の意志とは無関係に、姉忍者の女門は男根を迎え入れる準備を整えたようであった。

一郎太は、体重をかけて狭霧の処女地を貫く。

「……ぉァァァっっ！」

純潔の肉扉を引き裂かれた狭霧は、悲鳴を上げる。

鍛え抜いた肉体だけあって、花壺の締め具合は最高であった。

一郎太が緩急自在に責めると、いつしか、狭霧は甘声で鳴くようになった。

「ん……きついけど……いいの……もっと、もっと……」

唇の端から唾液すら垂らして、狭霧は悦《よ》がる。そんな淫《みだ》らな姉の様子を、信じられないという表情で、夜霧は下から凝視していた。

「では、逝《い》くがいい」

一郎太は、力強く責める。

正気を失った者のように喚いて、狭霧は悦楽の頂点に達した。一郎太は吐精せずに、きゅっ、きゅきゅっ、きゅっ……と締まる肉襞《にくひだ》を味わう。

失神した狭霧は、妹の左肩に顔を伏せた。

「あ、あたしもっ」

欲情に目を光らせて、夜霧が叫んだ。

「あたしも姉者と同じように、犯して。犯して気持ちよくしてくれたら、桔梗様の正体を教えますっ」

「よし、よし」

ずるりと姉の狭霧の女門から巨根を引き抜くと、一郎太は、それを妹の夜霧の花園に密着させた。

愛撫の必要もないほど濡れそぼっているので、そのまま貫く。

「――っっ！」

破華《はか》の瞬間だけは苦痛の叫びを上げた夜霧であったが、一郎太が性技を駆使して抽送《ちゆうそう》すると、姉と同じように感じ始める。

一郎太はもはや、自殺の虞《おそれ》はないと判断した。苦無を使って、双子女忍の手首や足首の縛《いまし》めと猿轡を切断してやる。

面白いことに、黒子以外では見分けがつかないほど似ている双子なのに、女壺《によつぼ》の肉襞の味わいは微妙に違っていた。

姉の方が締めつける力が強く、妹の方が肉襞の蠕動《ぜんどう》が細やかだ。

「す、凄い……男のお珍々、凄い………姉者の舌とは比べものにならないようっ」

夜霧が喚《わめ》いた。どうやら、二人とも処女だったが、姉妹同士の同性愛に溺《おぼ》れていたらしい。

「夜霧、桔梗の正体を教えてくれ」

リズミカルに抜き差ししながら、一郎太は尋ねた。

「それは………一橋…一橋治済卿《はるさだきょう》です」

第十二章　湯煙《ゆけむり》五人妻

一

一橋治済卿《はるさだきよう》――野望の人である。

徳川御三卿のひとつ、一橋家の当主にして、現将軍家斉《いえなり》の実父であった。

前にも述べたが、御三卿とは、八代将軍吉宗とその子の家重《いえしげ》が創設した、田安家・一橋家・清水家のことである。家格も、この順番になる。

前将軍家治《いえはる》には、家基《いえもと》という嫡子があった。

もしも、この家基が将軍位を継げないような事態になった場合、血筋からして二番目の候補は、田安家の七男・定信《さだのぶ》であった。三番目の候補は、一橋家の豊千《とよち》代《よ》である。

ところが、健康であった家基が、品川宿の先に鷹狩りに出た帰り、突然、苦しみ出した。そして、駕籠《かご》で江戸城に戻ったが、翌日、十八歳の若さで急死したのである。

では、田安定信が、正式に家治の養子となり、十一代将軍を継ぐことになったのか。

そうはならなかった。なぜなら、定信は、家基急死の五年前に、白河藩松平家の養子となっていたからである。

御三卿の田安家の人間でない以上、将軍位を継ぐ資格はないからだ。

こうして、本来ならば候補者としては三番手であったはずの一橋豊千代が、江戸城西の丸に入って、将軍家の世子《せいし》となった。

これが後の十一代将軍・家斉である。

定信が白河藩の養子にされたことについては、一橋治済卿が将軍家治と老中筆頭の田沼主殿頭《とのものかみ》意次《おきつぐ》に積極的に働きかけたためといわれている。

また、家基の急死については、毒殺の噂が絶えなかった。そして、十代将軍家治の死に関しても、毒殺の噂があった。

権勢を誇った田沼意次は老中を罷《ひ》免《めん》されて、その居城すら取り上げられてしまった。

そして、天明七年――十五歳の家斎が十一代将軍になると、老中の座に就いたのは、松平越中守定信であった。

田沼意次を追い落としたのは、松平定信と一橋治済卿であった。

殺害を企《くわだ》てるほど田沼意次を憎悪していた定信は、自分を白河に追いやった張本人の治済卿と、田沼追放のために手を組んだのである。

しかし、翌年、家斎が父の治済を大御所として西の丸に迎え入れようとすると、定信が猛反対をした。

大御所とは引退した将軍に対する称号であり、それ以外の者を大御所とした先例はない――という筋の通った意見である。

反対する松平定信の態度があまりにも頑《かたく》なだったので、激怒した家斎は小姓の持つ大刀を抜いて、定信を手討ちにしようとしたほどだ。

もしも側近が機転を利かせて事態を収拾しなければ、江戸城内において将軍が老中を斬るという徳川幕府始まって以来の大事件が起こっていただろう。

この大御所問題によって、松平定信と一橋治済卿との間には決定的な溝ができた。

現在、定信が推し進めている経済改革や倹約令に関しても、将軍家斉と一橋治済卿は不満を持っているという噂だ……。

「どうして、治済卿が女雛《めびな》を手に入れようとしているのだ」

腰を使いながら大門一郎太《だいもんいちろうた》は、夜霧《よぎり》に訊く。

「三万両を手に入れるため……そして、御三家のひとつである紀州徳川家の弱みを握るため……あぁァんっ」

緩やかに巨砲で突かれながら、妹忍者の夜霧は答えた。

喘《あえ》ぎながらの夜霧の説明によれば――絶対不可侵といわれた江戸城大奥の経費すら削減する定信の倹約政策のため、一橋家も手元不如意《ふにょい》に陥っていた。そのため、三万両は喉から手が出るほど欲しいのである。

さらに、紀州大納言頼宣《よりのぶ》の直筆である隠し場所の文書を入手すれば、紀州藩の生殺与奪《せいさつよだつ》の権利を得たに等しい。

御三家と田安家の力を徹底的に削《そ》いで、一橋家が徳川宗家を支配することが、治済卿の望みなのである。

そもそも、治済卿は、最も信頼する家来である近習頭《きんじゅがしら》の篠崎久馬《しのざききゅうま》に命じて紀州藩の粗探《あらさが》しをしている過程で、由比正雪《ゆいしょうせつ》の隠し金のことを知ったのであった。そして、的場陣内《まとばじんない》という悪党が、隠し場所を書いた文書を納めた女雛を狙っていることも。

治済卿は、最初は邪魔な一郎太を女忍《くのいち》姉妹に始末させて、お千《せん》を拉致《らち》しようとした。お千を責めれば、姿をくらました的場陣内の隠れ家がわかると思ったからだ。

ところが、一郎太の強さを知ると、逆に利用できると考えた。しかも、陣内が本所の幽霊屋敷に隠れていることもわかった。

それで、陣内の名を騙《かた》った手紙で一郎太を誘い出して、弓と三人組の浪人で足止めさせ、その間にお千を掠《さら》ったのである。

お千を人質にすれば、一郎太と陣内を闘わせて、双方とも潰せると計算したのだった。それらの策を立てたのは治済卿だが、実際の現場指揮は、篠崎久馬がとっている。

新《あたら》シ橋《ばし》の下から弓を放ったのは、その久馬の弟で、重治郎《じゆうじろう》という奴だということだ。

………。

「なるほど。木と喬《きょう》の字を組み合わせると、〈橋〉という字になる。一橋の橋だ。桔梗《ききょう》とは、〈木喬〉という意味だったんだな」

「はい……治済卿は、女雛と頼宣公の文書を手に入れたら、お千さんも、御主人様……一郎太様も始末しろと命じられました」

いつの間にか目覚めた狭霧《さぎり》が、膨れ上がった淫核《いんかく》を妹のそれに擦りつけながら、言った。

そして、妹の唇を吸う。狭霧と夜霧は、激しく舌を絡め合った。姉妹レズ接吻《せっぷん》である。

「ふざけた話だ」

幕政の黒幕・一橋治済卿の思い通りにはさせない——と一郎太は思った。

姉の狭霧と妹の夜霧の花園を、交互に巨根で貫きながら、一郎太は、最初に考えた策でいいかどうか、頭の中で検討した。

(よし、何とかなりそうだ)

結論が出たところで、一郎太は、姉の狭霧の花壺《にょつぼ》から巨根を抜き取った。妹の夜霧の花園に突き入れると、猛烈に抽送《ちゅうそう》する。

「ふひゃあァァ……んんっ」

喜悦《きえつ》の悲鳴を上げて、夜霧が達した。それに合わせて、一郎太が大量に放つ。

その余韻を充分に味わってから、一郎太は、まだ硬度を保ったままの肉根を抜いた。そして、箱の中の桜紙を取って、自分のものの後始末をすると、姉妹の花園も拭ってやる。

すると、夢現《ゆめうつつ》でぐったりとしていた女忍姉妹は、一郎太の方へ向き直った。

「御主人様、ご奉仕させていただきます」

「我ら姉妹に、ご立派なお珍々をしゃぶらせてくださいまし」

狭霧と夜霧は口々に言うと、胡座《あぐら》を掻いた一郎太の股間に二人で顔を伏せた。玉冠部《ぎょくかんぶ》に両側から、ちろちろと舌を這《は》わせる。

「使い捨てにされるのが当たり前の女忍の秘女子を、お侍様が拭いてくださるなんて……本当に優しい御主人様……」

「闇に棲む者と蔑《さげす》まれるあたしたちを、人間扱いしてくださったのは、御主人様だけです。御主人様に犯され、女にしていただいて、あたしたち姉妹は本当に幸せです」

「死ぬまで、御主人様にお仕《つか》えします。あたしたちの軀《からだ》は、いつでもお好きなように、弄《もてあそ》んで嬲《なぶ》って犯してくださいまし」

「最低の牝犬《めすいぬ》のように、どんなに淫《みだ》らで卑猥《ひわい》で破廉恥《はれんち》なご奉仕でも、喜んでいたします……このお珍々に突き殺されても、本望でございます」

自分たちの処女地を引き裂いた巨根をしゃぶりながら、交互に哀願する双子女忍であった。

「うむ。嬉しいことを言ってくれる」

一郎太は、二人の頭を撫でてやった。

まったく同じ顔をした二人の十八娘が男根を舐めしゃぶるのを見ていると、何か幻術にかかったような奇妙な感じがしてくる。

しばらくの間、女忍姉妹の口唇《こうしん》奉仕を味わってから、一郎太は、

「ところで、お前たちに頼みがあるのだが——」

二

浅草諏訪町《すわちょう》から大川を遡《さかのぼ》ると、左手に今戸橋の架かる山谷堀《さんやぼり》がある。

この山谷堀に沿った日本堤《にほんづつみ》を歩いて行くと、不夜城といわれる吉原遊廓に行き着くのだ。

さて、今戸橋から大川の対岸を見ると、今が盛りの桜の木が並んだ向島の土堤《どて》が見える。

その桜と桜の間に、赤い鳥居の上の部分だけが見えていた。

その鳥居は、田中神社のものであった。

大門一郎太は、狭霧の漕ぐ屋根船で、その田中神社に近い桟橋《さんばし》に渡った。

妹忍者の夜霧は、お千の監禁場所にいる篠崎久馬へ、一郎太の口上《こうじょう》を伝えに行っている。

「御主人様――」

桟橋に屋根船を係留した狭霧が、真剣な顔で言った。

船宿の近くに隠してあった衣類に、妹と一緒に着替えたので、今の狭霧は、裾《すそ》の短い野良着を着た百姓娘に見える。頭には、手拭いを被っていた。

「今から、決戦でございますね。あたしも妹も、死を覚悟で働かせていただきます」

「頼りにしているぞ」

一郎太は笑顔で言う。

「ただひとつの心残りは……」

「ん？」

「御主人様の精をいただけなかったこと……」

頬を染めて、狭霧は俯《うつむ》く。その様子は、幼い時から人間離れした修業で鍛え抜かれた女忍者ではなく、ただの十八歳の恋する町娘のように見えた。

「よし、くれてやるぞ」

胡座《あぐら》を掻いている一郎太は、無双窓《むそうまど》を開いて肉根をつかみ出す。

「嬉しい……」

狭霧は、一郎太の股間に顔を伏せる。まだ柔らかい男根を咥《くわ》えて、愛情をこめてしゃぶり始めた。

先ほどの姉妹同時姦《かん》の時、一郎太は、妹の夜霧の女壺《にょつぼ》に吐精している。いくら巨根で精力絶倫の一郎太であっても、吐精できる相手は一度に一人だけであった。

だが、妹の前では口に出さなかったが、姉の狭霧は、それが羨《うらや》ましくて仕方なかったのだろう。

まして、これから、悪の巨魁《きょかい》・一橋治済卿の陰謀と闘おうというのだ。再び、自分が一郎太に抱いてもらえるかどうか、それはわからない。

だから、狭霧は思い切って、一郎太に精をねだったのだろう。

そんな健気《けなげ》な心情を考えると、一郎太は、この女忍《くのいち》を幸福にしてやりたいと思う。

無論、狭霧だけでなく妹忍者の夜霧も、そして、娘盗賊のお千、女やくざのお嵐《らん》、刀腰女《とうようめ》の佐和《さわ》という女たち——この世の不幸を背負った彼女らを、みんな幸せにしてやりたい。

廃屋《はいおく》同然の道場しか持たぬ浪人者だが、そういう想いが自分の中で、どんどん強くなる。

（そのためには……まず、治済卿の企《たくら》みを叩き潰さねば）

その闘志によるものか、狭霧の献身的な舌使いによるものか、いつの間にか、男の象徴は屹立《きつりつ》していた。

一郎太は、右手で狭霧の頭をつかむと、ぐいっ、ぐいっと押し下げる。丸々と膨れ上がった玉冠部《ぎょくかんぶ》が、女忍の喉を突いた。

「んぷっ…おごっ………ひゅぐっ」

小田島《おだじま》佐和と同じように、被虐嗜好《ひぎゃくしこう》のある狭霧は、そのように力ずくで強制口姦《こうかん》されることを喜んだ。

不思議なことに、〈強い女〉ほど、惚れた男に荒っぽく扱われることを好むようであった。

姉忍者の狭霧は呻《うめ》きながらも、熱っぽく男根を吸う。

あまり時間をかけてはいられないから、一郎太は、欲望の堰《せき》を解放した。勢いよく、溶岩流を射出する。

濃厚な聖液を、狭霧は喉を鳴らして嚥下《えんげ》した。

「美味《おい》しい……」

最後の一滴まで啜《すす》りこんだ狭霧は、顔を上げると、うっとりとした声で呟《つぶや》いた。

三

一刻《いっとき》ほどして——田中神社の社殿の裏に、大門一郎太と狭霧の姿があった。

裏の木立の前にある捨石に、一郎太は腰を下ろしている。百姓娘の身形《みなり》をした狭霧は、その斜め後ろに立っていた。

すると、社殿の角から顔を出した若い侍がいた。二人の姿を見て、後ろを振り返り、

「篠崎様、おりましたぞっ」

興奮気味に、そう叫んだ。

「静かにしろ、緒方」

緒方と呼ばれた若侍の後ろから、大柄な侍が姿を現した。その後ろから、蒼ざ

めた顔のお千が歩いて来る。それを見て、一郎太は胸の奥が、かっと熱くなるのを感じた。お千の脇には、姉と同じ百姓娘姿の夜霧がいた。

「お、おじさんっ」

一郎太の姿を認めたお千が、彼の方へ駆け出そうとしたが、夜霧が腕をつかんで制止した。お千の耳に口を近づけて、素早く、何事か囁《ささや》く。

男装娘は、諦めたように大人しくなった。ただ、熱っぽい瞳で一郎太を見つめる。

大丈夫だ――というように、一郎太は、お千に向かってうなずいてみせた。

大柄な侍は、一郎太の近くまで来ると、

「お主が大門一郎太か」

岩から削り出したような、威圧感のある容貌である。

その身のこなしからして、相当以上の腕前とわかった。今も、不意に一郎太から抜き打ちを仕掛けられても安全な距離に、身を置いている。

「あんたが篠崎久馬さんかね」

一郎太は、からかうような口調で訊き返した。

「座ったまま、他人にものを尋ねるのは無礼であろう」

「ほほう」一郎太は笑顔になる。

「人様の大事な嫁を掠《さら》うのは、無礼ではないのか」

「何だとっ」

久馬の背後にいた五人の侍が、血相を変えて大刀の柄《つか》に手をかけた。

御三卿の家の重要な役職には、幕府から出向の形で幕臣が任命される。篠崎久馬も出向で近習《きんじゅ》となったが、治済のたっての頼みで、一橋家の直臣《じきしん》となった。

出向組とは別に、身分の低い家臣については、浪人たちが新規で召し抱えられた。これを廷臣《ていしん》と呼ぶ。この五人は、その廷臣であろう。

「よせ」

久馬は、片手で部下たちを制した。

「つまらぬ言い争いは、時の無駄というもの。お主は取引をしたいと夜霧に言ったそうだが、どんな取引だ」

「これだ」

一郎太は袖《そで》の中に入れておいた女雛《めびな》を、ひょいと久馬の方へ放った。

「おっ」

さすがに、久馬は両手で女雛を受け取った。さっと調べて、底部の仕掛けに気づくと、その蓋《ふた》を外す。だが、その中は、空っぽであった。

「む……」

篠崎久馬は、凄まじい眼光で一郎太を睨みつける。ゆっくりと立ち上がった一郎太は、懐《ふところ》から折り畳んだ文書を出して、

「欲しいのは、これかね」

狭霧に渡した。それを受け取った狭霧は、黙って久馬の前へ行って、差し出す。

久馬は、その文書を女忍《くのいち》の手から引ったくった。あわただしく開いて、中身を見る。五人の部下たちも、背後から覗きこんだ。

「何だ、この三つの三はっ」

激怒の顔になる久馬だ。

「意味がわからないだろう。だが、俺は、その謎を解いた。三万両の在処《ありか》は、俺ならわかる」

「で、何が望みだ」

「お千を返せ。そうしたら、謎解きしてやるから」

「ふうむ……」

少しの間、久馬は考えていた。

だが、一郎太は一人であり、自分には五人の部下と二人の女忍という手勢がいるのだから、人質がいなくても不利にはならない——と判断したようだ。

夜霧に向かって、久馬は、顎《あご》をしゃくって見せる。夜霧は、お千の背中を軽く押してやった。

「おじさんっ」

全速力で、お千は走った。一郎太の広い胸に飛びこむと、わんわんと泣き出す。

「よし、よし。もう心配ないからな」

お千の背中を叩いてやってから、その耳元に囁いた。

「俺のお嫁なら、しゃきっとしろ。これからが正念場だ」

「う……………」

泣きやんだお千は、右腕でぐいっと涙を拭う。

そのお千を連れて、一郎太は久馬の前に行った。

「貸してくれ」

相手の手から文書を取り戻すと、一郎太は、

「まず、この神社は何という名前か知ってるか」

「馬鹿にするなっ」と久馬。

「田中神社に来いと言ったのは、お主ではないか」

「そうだ、小梅村の田圃《たんぼ》の中にあるから田中神社だな。弘法大師によって創建されたといわれるくらい古い社《やしろ》だから、寛永年間には、すでにあった。そして、別名を三囲《みめぐり》神社という」

「あっ」

篠崎久馬は、さすがに驚いた。

「最初の三は、この三囲神社の三か」

「三のつく町名や地名は、江戸府内に幾らでもある。では、どうして三囲神社がそうだと言い切れるのか」

一郎太は喋りながら、社殿に沿って歩き出した。

「それはな、日本橋の越後屋が、この三囲神社の有力な氏子だからだ」

「越後屋は大手の呉服商だが、それに何の意味がある」

一郎太について歩きながら、久馬が問う。

「越後屋は寛永年間に江戸に小間物屋《こまものや》を開き、ついで呉服商も手がけることになった。今では、駿河町《するがちょう》の地所のほとんどを越後屋が占めているというから、大したもんだな」

「……」

「ところで、越後屋の本家は、伊勢国松坂の出の三井家だから、三の字がつく神社は縁起がいいという理由で三囲神社の氏子になったと、以前に辻講釈で聞いたことがある」

「……」

「その三井家は大名貸しを家訓で禁じているが、松坂が紀州領なので、紀州徳川家にだけは特別に用立てているそうだ」

一郎太が紀州藩上屋敷で中納言治宝《はるとみ》に直談判《じかだんぱん》した時に、治宝が「三万両あれば、三井からの借財がだいぶ減るのう」と嘆息した。

そのことを、幽霊屋敷の土蔵で小田島佐和の口の中に吐精した瞬間、一郎太は思い出したのである。

「つまり、三囲神社は、紀州藩にとっても特別な意味があるのさ」

「いささか、牽強付会《けんきょうふかい》ではないか」

篠崎久馬は、信じ切れない表情であった。

「それで、残りの三と三はどうなるのだ」

「今、説明する」

一郎太たちは、社殿の前に来ていた。お賽銭を投げて、一郎太は丁寧に参拝する。お千も一緒に、神妙にお参りした。

篠崎久馬たちも仕方なく、それに倣《なら》う。

それから、一郎太は鳥居の方へ歩いて、右手の石灯籠《いしどうろう》の前で立ち止まった。

「見ろよ」

石灯籠の火袋《ひぶくろ》を、一郎太は指さした。

久馬は火袋を見て、「おおっ」と叫んだ。火袋には大きな丸の窪みがあり、その中に三つの孔《あな》があったのだ。正三角形の角にあたる場所に、三つの孔が穿《うが》たれている。

「これが、二つ目の三か……」

今度は、久馬も、一郎太の言葉に疑いをはさまなかった。「偶然も二つ重なれば必然」という心境なのだろう。

「ここの境内には、こんな三つ孔の石灯籠が四基あるんだが、俺は、この石灯籠が鍵だと思う。その理由は、この孔を覗いて見ればわかるよ」

「覗けばよいのだな」

久馬はそう言いながら、一郎太に強い視線を送る。一郎太は苦笑して、二間《にけん》ほど退《さ》がった。

篠崎久馬は、石燈籠の火袋の孔を覗きこんで無防備になった時に、一郎太に斬りつけられることを警戒したのである。

「ここか」

三つの孔の下の二つに、久馬は、左右の目を近づけた。

「むっ」

久馬は、かっと目を見開いた。

三囲神社の南西の方向、半町――五十数メートルほど離れたところに、小さな丘がある。その丘には、三本の松の木が立っていたのだ。

「あれか、あれが三つ目の三かっ」

興奮した面持《おもも》ちで、久馬は、一郎太の方を見た。これで、三と三と三が揃ったのである。

「俺はそう思う」一郎太は、うなずいた。

「これから、それをたしかめに行こうじゃないか」

「……よかろう」

一郎太と久馬を先頭にして、五人の侍、それに二人の女忍に挟まれたお千は、田中神社を出た。

土堤道《どてみち》に沿って南西へ歩き、田圃の中の畦《あぜ》道を通って、目当ての丘に辿り着く。

「三万両といえば、千両箱で三十だ。積み上げると、小さな薪《たきぎ》小屋くらいの広さがいるな」

樹齢が二百年を超えるらしい三本松の根元に立って、一郎太は言った。

「由比正雪の一党が、ここに千両箱を隠す穴を掘っていたら、相当の時間がかかるし、かなりの量の土が出る。山奥ならともかく、ここでは人目につきすぎる。そうだろう」

「そうだな」

久馬はうなずいた。

「だから、俺は考えた。掘ったのではなく、最初から穴があったのだろう、と」

そう言いながら、一郎太は、丘の東側に下りた。

雑草を踏み分けながら、丘の斜面に近づいて、

「見ろ、ここに岩がある」

人の背丈ほどの高さの楕円形の岩が、斜面に覆い被さっていた。

「この岩の後ろには、洞窟があるようだぜ」

「何っ」

久馬は、岩の後ろを覗きこんだ。

「な、なるほど……」

その隙間《すきま》から洞窟の存在を確認した久馬は、

「お前たち、何か梃子《てこ》になるものを捜して来い。それと、筵《むしろ》を何枚かなっ」

部下たちに命じた。すぐに、近くの農家から、五尺くらいの長さの細めの丸太ん棒が調達される。

「この岩を、どかすのだ」

五人の侍たちは、その丸太ん棒を使って、ごろりと岩を転がした。すると、四尺ほどの高さの洞窟が姿を現す。

「緒方、入ってみろ」

「わ、わたくしがですか」

緒方という若侍は、百数十年前からある古い洞窟に入るのは、気が進まなかったらしい。天井の土が崩れて生き埋めになったら、間違いなく助からないからだ。

「そうだ、蠟燭《ろうそく》に火をつけてな。早くしろ」

「はい……」

懐から取り出した蠟燭に、仲間から火をつけてもらって、おそるおそる緒方は洞窟へ入ってゆく。

ややあって、

「篠崎様、ありましたっ」

中から、大声で緒方が言った。

「本当かっ」

部下の一人が、洞窟へ駆けこむ。すぐに、その男が千両箱をかかえて戻って来た。

「ございましたっ」

「よし。お前たち、急いで運び出せ。五人で交互に一列になって、手渡しにした方が早いぞ」

久馬は、てきぱきと命じた。全部を運び出すまで天井がもつかどうか、それを案じているのだろう。

五人の部下が、千両箱の搬出作業に取りかかると、

「おい」

久馬は、懐手で眺めている一郎太に言った。

「お主。暇《ひま》のようだから、この千両箱を開けてみてくれ」

自分でやらないのは、隙を作らないためだろう。

「はい、はい」

素直に、一郎太は、千両箱の前に屈《かが》みこんだ。

錠《じょう》がかかっているので、いきなり、拳骨《げんこつ》を振り下ろす。蓋の部分が割れて、中から数枚の小判が飛び出した。

自分の足元まで飛んで来た小判を拾って、

「ふうむ……」

本物だとたしかめた久馬は、思わず唸《うな》り声を洩らした。

十万石の領地を持つ一橋家であっても、三万両は相当の大金なのである。その大金を自分の働きで入手できたのだから、興奮するのも無理はない。

やがて、三十の千両箱が、すべて洞窟から運び出される。幸運なことに、洞窟の天井は崩れなかった。

山なりに積まれた千両箱に、数枚の筵が掛けられる。そろそろ西の空に、春の陽《ひ》が沈みかけていた。

「さあ、これで約束は果たしたな」

一郎太が、明るい口調で言った。

「俺は嫁と失礼するぞ」

お千の方へ、一郎太が近づこうとすると、

「――待て」

久馬が言った。粘っこい眼で、一郎太を見据える。懐から取り出した小柄《こづか》を、一郎太の前に放り投げた。

「お主の小柄だな」

「おう、済まんな」

一郎太は、小柄を拾い上げた。

「お主が投げつけた小柄の傷が悪化して、重治郎《じゆうじろう》は危篤になっている。篠崎重治郎は駕籠弓《かごゆみ》の名手で、俺の実の弟だ」

刀の下緒《さげお》で襷《たすき》を掛けながら、久馬は言った。

「そうか。それは気の毒だが、もとはといえば、弟御が俺に矢を向けたんだぜ。俺は身を守っただけだ」

「理屈はどうでもいい。勝負してもらおう」

久馬は、袴《はかま》の股立《ももだ》ちをとった。

四

一郎太は、じっと久馬を見つめて、

「厭《いや》だと言ったら」

「お主の女が死ぬことになる」

二人の女忍《くのいち》に挟まれているお千に、久馬は目をやった。お千は硬い表情になっている。

すでに女忍姉妹が一郎太の味方になっていることに、久馬たちは気づいてはいないのだった。

「では、受けるしかないようだな」

一郎太は、大刀を抜いた。

篠崎久馬も大刀を抜いて、一郎太と二間半《にけんはん》ほど距離を置いて、対峙する。

「大門一刀流開祖、大門一郎太」

「浮望流《ふぼうりゅう》、篠崎久馬」

二人は、名乗り合った。五人の部下は、二人から離れて息を呑んで見守る。

「………」

「………」

互いに正眼に構えて、しばらくの間、動かない。

久馬の剣が、右八双《みぎはっそう》に転じた。それを見て、一郎太は右脇構えになる。

すると、久馬が、一気に間合を詰めて来た。

「えええいっ」

激烈な気合とともに、刃を斜めに振り下ろして、一郎太の左肩から袈裟懸《けさが》けに斬り下ろそうとする。

大きく左へ踏みこんだ一郎太は、その袈裟斬りを、すれすれにかわした。かわしながら、大刀を斜めに斬り上げる。

そして、久馬の背後にまわると、その背中へ斬りつけた。

しかし、久馬は、背中にまわした剣で、その一撃を受け止めた。受け止めてから、払いのけると、くるりと半転して一郎太と対峙する。

再び、久馬は正眼に構えた。血走った眼で、一郎太を睨みつける。

一郎太は、大刀を下段につけた。

ややあって、久馬の眼から光が失われた。ほぼ同時に、彼の左脇腹から腹部にかけて赤い線が走り、そこから血が滝のように零れ落ちる。

「篠崎様っ」

五人の部下たちが、悲鳴に近い叫びを上げた。

久馬は、ゆっくりと前のめりに倒れた。

袈裟斬りをかわしながら、一郎太が大刀で斬り上げた時、篠崎久馬の腹は断ち割られていたのである。しかし、その状態で第二の斬りこみを受けて払い、一郎太に対峙した久馬の精神力は、大したものであった。

「……手加減できなかった」

血振《ちぶり》した一郎太は、そう呟《つぶや》いて、納刀する。峰打ちで対処できるような相手では、なかったのだ。

「く、くそっ」緒方が喚《わめ》いた。

「お前たち、その娘を殺せっ」

そう命じられた女忍姉妹は、顔を見合わせる。そして、姉忍者の狭霧が、懐《ふところ》から革袋を取り出して、緒方の足元へ放った。

「金は返す。あたしたち姉妹は、一郎太様に飼っていただくのでね」

狭霧はそう言って、お千を一郎太の方へ押しやった。

「き、貴様ら……」

五人の侍たちは、歯嚙みした。しかも、目の前で久馬が斬り倒されたので、大刀を抜いて一郎太に立ち向かう決心もつかないらしい。

「この金は、一橋卿には渡さん」と一郎太。

「去れっ」

大声で一喝されると、五人は蜘蛛《くも》の子を散らすように、あわてて逃げ出した。

それでも、忘れずに三十両入りの革袋を拾っていったのは、大したものである。

「さて――」

一郎太が周囲を見まわすと、丘の蔭から二人の武士が出て来た。

紀州藩江戸家老の羽佐間《はざま》監物《けんもつ》と、上屋敷用人の筧銀之丞《かけいぎんのじょう》である。その後ろに、男装の小田島佐和もいた。

「おお、一郎太殿。これが、例の三万両だなっ」

監物は、筵を掛けられた千両箱の山を見て、眼を輝かせた。

「忝《かたじけ》ない、忝ない。これで、御家《おいえ》は救われるぞ」

感激のあまり、老武士は涙ぐんだ。

「ご家老。礼は、まだ早い」

「は？　お主の文《ふみ》で指示された通り、二十名の藩士は、土堤《どて》の向こうに伏せてあるが？」

「いえ、そのことではありません。女雛を盗み出して、紀州徳川家を危機に陥れた的場陣内なる者は、まだ捕まえておりません」

「そうだな」と監物。

「しかし、お主のおかげで頼宣公の文書も取り戻したし、三万両も手に入った。もう、陣内とやらは、何もできまい」

「ところが、陣内は、これからも御家を害することができるのです」

「なぜだ」

「上屋敷用人の職にあるからですよ。証拠は右の二の腕の刀傷」

「何じゃとっ⁉」

監物は唖然《あぜん》として、筧銀之丞の顔を見た。

「くそ、これまでかっ」

銀之丞は、監物に抜き打ちをかけようとした。

が、その時には、風のように飛びこんだ一郎太の大刀が、首の付け根に振り下ろされる。

「ぐえっ……」

前のめりに倒れた銀之丞は、そのまま動かなくなった。峰打ちで気絶したのである。

「此奴《こやつ》が的場陣内……何がどうなっておるのだ」

「詳しいことは、後で本人を取り調べればわかるでしょうが、この男は、おそらく、ご老体と紀州様の話を盗み聞きしたのでしょう」

そして、銀之丞は、中屋敷の女雛に三万両の隠し場所を示した文書が納めてあることを知った。

上屋敷用人の権威で、それを持ち出すことは容易《たやす》い。しかし、それでは、自分が三万両を着服することが、ばれてしまう。

そこで、銀之丞は鬘《かつら》と付け髭《ひげ》で変装して、的場陣内という悪党になった。四年前から調教して牝《めす》奴隷にしていた刀腰女《とうようめ》の小田島佐和を部下として、天狗《てんぐ》小僧のお千を騙し、女雛を盗ませたのである。

中屋敷の納戸役《なんどやく》・小堀佐兵衛《こぼりさへえ》を言葉巧みに口説いて、間違えたふりをして女雛を飾らせたのも、銀之丞だ。そして、佐兵衛が上屋敷で謹慎になると、見張りの隙《すき》をついて、剃刀《かみそり》で殺して自害に見せかけたのである。

海坊主の辰五郎《たつごろう》に、女を使った一郎太殺しを依頼し、その後で口封じに殺したのも、銀之丞であった。辰五郎を斬った頭巾の侍というのは、小田島佐和の変装であることは、言うまでもあるまい。

一郎太は、幽霊屋敷の土蔵で的場陣内の眼の光を見た時から、正体は筧銀之丞ではないかと考えていたのである……。

「——三万両を自分のものとして、なおかつ、頼宣公の直筆の文書でご家老や紀州様を脅して、藩政を牛耳《ぎゆうじ》るつもりだったのでしょうな。そうでなければ、これほど手のこんだことを企《たくら》むわけがない」

「むむ……何という不忠者《ふちゆうもの》だっ」

倒れている銀之丞を睨みつけて、監物は言った。小田島佐和は、哀しげな瞳で銀之丞を見ている。

一郎太は、袂《たもと》から例の文書を取り出して、

「さて、これですがね」

いきなり、それを丸めると、ぱくりと食べてしまう。

「あっ」

監物は顎《あご》が外れそうになるほど、驚いた。

「頼宣公の直筆を……何ということを……」

苦労して呑みこんだ一郎太が、

「こんなものを後生大事に取って置いたら、第二、第三の的場陣内が現れますよ。こうするのが、一番いいんです」

「むう……そうか、そうかもしれんな」

何となく納得してしまう、監物だ。

「それから申し上げますが、この三万両は上屋敷に運びこまずに、今月の月番の南町奉行所へ持って行きなさい」

「な…何を言うかっ」

羽佐間監物は、卒中を起こしそうになった。

「これまでの苦労は、何のためと思うか。左様なことをして、御家はどうなるっ」

「御家大事と思うからこそ、町奉行所へ届けるのです。たまたま、崩れた洞窟から千両箱が転がり出ているのを、藩士の一人が見つけたとでも言うんですな」

「それが、どうして、御家のためになるのだっ」

「公儀の隠密が、この事件を調べているからですよ」

「えっ……」

監物の顔色は、紙よりも白くなった。

「いいですか。隠密が三万両発見を上役《うわやく》に報告する前に、町奉行所に届け出る。そうすれば、軍資金の件は不問になるでしょう。寛永年間まで遡《さかのぼ》って、御三家のひとつを咎《とが》め立てしたところで、誰の得にもなりませんからね」

「むむ……しかし……殿にも相談せずに……」

「紀州様は、聡明な御方《おかた》です。きっと、よくやった監物――とおっしゃいますよ」

「そうかのう……はて……」

考えあぐねている羽佐間監物をその場に残して、一郎太は歩き出した。お千、女忍姉妹の狭霧と夜霧、そして小田島佐和が、黙って彼の後について来る。

土堤道に戻った一郎太は、水戸藩邸の前を通り抜けて、源森橋《げんもりばし》に差しかかった。そこに、太鼓持ち兼早耳屋《はやみみや》の苫六《とまろく》と般若《はんにゃ》のお嵐《らん》が待っている。

「苫六。三万両は、たぶん、南町奉行所に運びこまれるはずだ。後の始末は、よろしく頼む」

「――大門殿」

苫六は、今までに見せたことのない厳しい表情になっていた。

「いつから、わたくしを隠密と見破られたのですか」

「そうだなあ。初めて会った時に、舟を漕いだだろう」

「はい」

「あの腰つき、筋骨の様子からして、相当に剣術をやった者とわかったんだ。これでも、道場主の端くれだからな」

「ご慧眼《けいがん》、畏《おそ》れ入りました。わたくし、老中筆頭の松平越中守様直属の名村敏八《なむらびんぱち》と申します」

苦六――名村敏八は、丁寧に頭を下げた。

「そうか、名村さん、この二人のことは、俺に免じて許してやってくれ」

狭霧と夜霧は、黙って頭を下げた。彼女たちの放った五方《ごほう》手裏剣で、敏八は負傷したのである。

「大門殿の身内になられてしまっては、仕方ありませんな」

敏八は苦笑した。

「で、大門殿はこれから、どうなさるつもりで」

「そうだなあ」

一郎太は、お千、お嵐、佐和、狭霧、夜霧という五人の妻の顔を順繰りに見ま

わして、

「江戸を出るのもいいかな――」

五

これは翌年の七月のことになるが――松平越中守定信は、将軍家斉に進退伺いを出して、これを受理された。実質的には、罷免《ひめん》されたのと同じである。

田沼意次と松平定信という邪魔者を排除して、一橋治済卿の野望は達成された。

そして、治済卿の実子の家斉は、これから五十年の長きにわたって幕政を支配し続けるのである。


三万両発見から六日後の深夜――箱根の塔之沢《とうのさわ》にある湯宿〈大滝屋〉の露天風呂に、大門一郎太はいた。

塔之沢は箱根七湯《しちとう》のひとつで、明暦二年には老中の奥方が一ヶ月近く湯治をしている。その時の行列の総勢は、何と百十九名であったという。

早川のせせらぎを聞きながら、一郎太は、湯の中に仁王立ちになっている。

「んむ……んう……」

その前に跪《ひざまず》いて、黒光りする巨根の先端をしゃぶっているのは、天狗小僧のお千であった。

その脇から、ぴちゃぴちゃと舌を鳴らして重く垂れ下がった玉袋を舐めているのは、般若のお嵐である。

そして、彼の背後に跪き、石臼《いしうす》のような臀部《でんぶ》に顔を密着させているのは、刀腰女の小田島佐和であった。一郎太の排泄孔《はいせつこう》を、無心に舐めしゃぶっているのだ。

さらに、一郎太の左右には、狭霧と夜霧が立っていた。

女忍姉妹は、両側から男の首筋や分厚い胸に唇を這《は》わせている。

「御主人様……」

「ああ……そこ、指を動かされたら、もう……」

狭霧も夜霧も、切なげに喘《あえ》いだ。一郎太の両手は、双子女忍《くのいち》の花園を包むようにして、中指が花孔を嬲《なぶ》っているのだ。

無論、風呂の中だから、彼等六人全員が裸である。

――三日前、螢沢《ほたるざわ》の家に、苦六こと名村敏八が訪ねて来た。三百両の小判と一郎太の手形を届けに来たのだ。

「この金で大門殿には、二、三年ばかり、どこかで暮らしてもらいたい——というのが、御老中のお言葉です」

一郎太が江戸にいると、色々と面倒なことが起こりそうだから——というのが、老中・松平定信の申し出であった。

あの日、結局、羽佐間監物は一郎太の意見が正しいと判断して、三万両を南町奉行所に運びこんだ。一郎太に届けられた三百両は、その三万両から出たのであろう。

一郎太は知るよしもなかったが、土竜《もぐら》の親方が「金持ちになるという相がある」と見立てたのは、当たったのである。

松平定信の申し出を「仰《おお》せの通りにしよう」と一郎太が承知すると、お千、お嵐、小田島佐和、狭霧と夜霧が「お嫁さんなんだから、おいらも一緒に行くっ」「わたくしもっ」と口々に言い出した。

それを聞いた敏八は笑って、「多分、そうなるだろうと思いまして、これを用意して来ました」と、お千たち五人分の手形を差し出したのである。

翌朝、一郎太は、五人の妻たちと江戸を出た。

そして、東海道を上って、箱根の関所を通る前に江戸の垢《あか》を流すため、この塔之沢温泉へ来たのである……。

「美味《おい》しい、一晩中でもしゃぶっていたい……」

逞《たくま》しい男根を咥《くわ》えて奉仕するお千の顔は、そのような淫《みだ》らな行為の最中であっても、品のよさを失うことがなかった。

（これが、大名の血筋というものかな……）

めっきり女らしくなったお千の顔を見下ろしながら、一郎太は考える。

――お千は、本当に松平定政《さだまさ》の末裔《まつえい》であった。

的場陣内こと筧銀之丞が思いつきで言ったことは、実は正解だったのである。

名村敏八の調べでわかったのだが、定政の嫡子・定知を祖とする千五百石の旗本・松平家の先代が腰元に生ませたのが、お千なのだ。

しかし、奥方の怒りを怖れた当主は、妊娠した腰元を屋敷から追い出してしまった。

実家で出産した腰元であったが、その子を柳森稲荷に捨てて、自分は神田川に入水《じゆすい》自殺した。

梅鉢紋《うめばちもん》の簪《かんざし》は、松平家に代々伝わるもので、当主が腰元に与えた贈り物だったのである。

だが、それを聞いたお千は激怒した。

「御母《おっか》さんを追い出したような家は、こっちから縁切りだっ」

そう言って、松平家の用人と会うことを断ったのである……。

「お千、放つぞ」

一郎太が、声をかける。

「はい……いただきます」

お千は、くぐもった声で返事をした。

巨大な男根がさらに膨れ上がって、大量の聖液が噴出した。あまりにも勢いがよかったので、お千の小さな口から巨根が飛び出してしまう。

濃厚な聖液が、お千の顔に降りかかった。すると、お嵐、狭霧、夜霧が、争うようにして、お千の顔の聖液を啜《すす》り、舐めとる。

その間も、お千は巨根を吸って、残りの聖液を最後の一滴まで飲む。

それから、四人の女は互いに接吻《せっぷん》し合った。

江戸を出て保土ケ谷宿《ほどがやしゅく》の旅籠《はたご》に泊まった夜から、一郎太に愛姦《あいかん》される順番を待っている間に、女たちは同性の淫戯《いんぎ》に耽《ふけ》るようになったのである。

一郎太の背後の佐和は、丸めた舌先を男の後門の奥深くに挿入して、その内側から丁寧に愛撫していた。

「佐和、前に来なさい」

「……はい、旦那様」

佐和は、素直に一郎太の前に出た。

そして、女たち全員が湯壺の縁《ふち》に両手をついて、後ろに臀《しり》を突き出す。左から佐和、夜霧、お千、狭霧、お嵐の順である。

「では、今からみんなの臀孔を犯すぞ。いいな」

「はいっ」

女たちは、嬉しそうに返事をした。

一郎太は、真ん中のお千の背後に立った。吐精したのに猛々《たけだけ》しいままの巨根を、お千の可愛い後門にあてがう。ゆっくりと玉冠部《ぎょくかんぶ》で摩擦して、後門括約筋《かつやくきん》の緊張をほぐした。

それから、体重をかけてお千の臀孔を貫く。

「───ァァァっっ！」

生まれて初めて後門を犯されたお千は、悲鳴を上げた。だが、一郎太の丁寧な抽送《ちゆうそう》によって、甘い喘《あえ》ぎを洩らし始める。

(この健気《けなげ》な嫁殿は、千五百石の旗本と親戚付き合いできる機会も断って、俺と旅してくれるのだ。幸せにしてやらねば、罰があたるというものだな)

あまりにも味のよすぎる後門に男根を抜き差ししながら、一郎太はそう思った。

(由比宿まで足を延ばして、あの金を元手に大門流の道場を開くか。佐和の腕前なら師範代が務まるし、狭霧と夜霧の姉妹は手裏剣術や体術を教えられるだろう。お千とお嵐も、手伝えるはずだし……)

一郎太は腰を穏やかに動かしながら、その両手は、左右の夜霧と狭霧の後門をまさぐっていた。次の後門性交の準備である。

そして、夜霧は佐和と、狭霧はお嵐と濃厚な接吻を交わしていた。

(俺は何だか、この五人を幸せにするために、この世に生まれて来たような気がするな……)

箱根の山奥――湯煙が白くたなびく春の露天風呂で、大門一郎太と五人の妻たちによる華やかで幸福な乱愛の饗宴《きようえん》は、いつ果てるともなく繰り広げられるのであった。

番外篇　女体《にょたい》道場

一

「何だ、てめえはっ！」

その奥目のごろつきは、小さな目を精いっぱいに開いて、喚《わめ》いた。

「浪人なんぞの出る幕じゃねえ、すっこんでろっ」

そう吠えたのは、長い馬面《うまづら》のごろつきである。

「どうせ関八州で喰《く》い詰《つ》めて、のこのこと将軍様のお膝元へ出て来たんだろうが、芸のない二本差《にほんざし》がおまんまにありつけるほど、お江戸は甘いところじゃねえんだ。とっとと田舎へ帰りやがれっ」

そう言ったのは、炭団《たどん》のように色黒で丸顔のごろつきであった。

三人とも派手な模様の単衣《ひとえ》を臀端折《しりっぱしょ》りにして、懐《ふところ》の匕首《あいくち》の柄《つか》に手をかけている。

迫力がある――と自分では思っているらしい形相《ぎょうそう》で、凄んでいた。

「――口上《こうじょう》は、それで済んだのか」

大門一郎太《だいもんいちろうた》は、ぶっきらぼうに言った。

「済んだのなら、足元が明るい内に、とっとと去れ」

「言いやがったなっ」

奥目が素早く匕首を抜くと、腰だめにして突きかかった。

だが、一郎太は難なく匕首をかわすと、相手の右手首に手刀を振り下ろす。

「がっ」

匕首を放り出して、奥目は地面に両膝をついた。手首の骨が折れたのである。

「や、やりゃあがったなっ」

炭団顔が、逆手《さかて》に構えた匕首を振り上げて、一郎太に襲いかかった。

が、一郎太は無造作に、相手のがら空きの股間を蹴り上げる。

「ぎゃっ」

生殖器を蹴り潰された炭団顔は、臀餅《しりもち》をついた。

両手で股間を押さえると、団子虫のように背中を丸めて唸《うな》りながら苦悶する。

顔は脂汗まみれになっていた。

「さて——」

一郎太は、じろりと馬面の方を見る。

仲間が二人とも、あっさりとやられたので、馬面は匕首を抜きかけたまま、呆然《ぼうぜん》としていた。

「お前は、この二人を連れて消えろ」

「へ、へい……」

馬面は、あわてて炭団顔を助け起こし、奥目を連れて逃げ出した。

成行を見守っていた大勢の見物人から、どっと歓声が起こる。

そこは——江戸で最も参詣客が多いという金竜山浅草寺の境内であった。

正午《ひる》前——前春の明るい陽射しが降りそそぐ下で、芝居の一場面のような見事な快事《かいじ》が展開されたのである。

「あの……御浪人様」

実直そうな中年の夫婦者が、一郎太に近づいて、

「無法な言いがかりをつけられて困っていたところをお助けいただき、本当にありがとうございました」

二人で頭を下げた。女房の方が、そっと紙包みを亭主に渡すと、

「これは些少《さしょう》ではございますが、煙草銭《たばこせん》にでもしていただければ」

それを、一郎太に両手で差し出した。

「いや、気にしないでくれ」

冷たい口調にならないように気をつけながら、一郎太は言う。

「あんな連中をのさばらせておいたら、みんなの迷惑になるから、腕づくで追い払っただけのこと」

「ですが……」

「気持ちだけ、貰っておくよ」

そう言って、一郎太は風雷神門の方へ向かう。夫婦者は、その後ろ姿に改めて深々と頭を下げた。

「いや、強い浪人さんだったねえ」

「相撲取りみたいに立派な軀《からだ》つきだし」

「伸ばし放題の月代《さかやき》をきちんと剃ったら、娘っ子の騒ぎそうな男っぽい面構《つらがま》えだったな」

見物した参詣客が、様々に一郎太を褒めそやした。

「それにしても――」と一人が首を捻《ひね》る。

「どうして、あの浪人さんは刀を一本しか差してなかったんだろ？」

二
（ちょっと惜しいことをしたかな……）

大川に面した蔵前通りを歩きながら、大門一郎太は、こめかみを掻いた。

（あの紙包みには小判が一枚…ひょっとしたら、二枚は入っていたかもしれぬ）

目下のところ、懐《ふところ》がかなり寂しい一郎太なのである。先月、道場破りで手に入れた五両は、もう残り少ない。

（まあ、いい。人助けを金づくでやると、次から金欲しさに人助けをするようになるからな。そういう浅ましい人間になるのは、俺としては願い下げだ……さて、ところで）

急に足を止めた一郎太は、さっと振り向いた。

「おい。足音を忍ばせて他人の背後に近づくのは、悪い了見《りょうけん》だぜ」

「これは、どうも……」

そこに立っていた男は、愛想笑いを浮かべて頭を下げた。三十前の小狡《こずる》そうな色男で、身形《みなり》からしても堅気ではない。

「あっしは、徳松《とくまつ》と申します。先ほど、浅草寺で先生の見事な腕前を拝見して、ぜひ、ご相談したいことがございまして」

「そいつは、お天道《てんと》様の下でも話せることかね」

「へい……では、そこの蕎麦屋《そばや》で一杯やりながら、聞いていただきましょう」

二人は〈信州屋〉という蕎麦屋に入り、二階へ上がった。

六畳間の座敷に、すぐに酒肴《しゅこう》が運ばれて来る。徳松は、一郎太の猪口《ちょこ》に酌をしてから、

「あっしは、花川戸で口入れ屋稼業をしております〈山源《やまげん》〉の番頭でしてね」

「山源一家か。表稼業は口入れ屋だが、裏では博奕《ばくち》や遊女屋をやってるやくざだろう。どっちが表でどっちが裏か、知らんが」

「は、ははは。ご存じでしたら、話が早い」

徳松は手酌で飲みながら、

「あっしらの渡世では、よその一家といざこざが絶えませんが、喧嘩《でいり》で長脇差振《ながどす》りまわすよりも、博奕で勝負を決めることがあります。そういう時は、互いに名のある壺師を呼んで、賽子《さいころ》勝負をするわけですね。これを代打《だいう》ちと申します」

「さすがに、江戸のやくざは万事、垢抜《あかぬ》けしてるな」

白魚の掻き揚げを喰いながら、一郎太は言った。

「中仙道筋のやくざなら、揉め事が起こった四半刻《しはんとき》後には、道端に血の雨が降ってるよ」

「やはり、関八州を旅されてたんで？」

さりげなく、探りを入れる徳松だ。

「大門家は、二代続いた浪人だからな。江戸へ出て来たのは、一年ばかり前。その前は、街道筋の宿場宿場で色んなことに関わったよ、喧嘩の助《すけ》っ人《と》をしたこともある……手配書が廻るようなことはしてないから、安心しろ」

「へい――」徳松は頭を下げてから、

「話を元に戻しますと、賽子では解決しない渡世の揉め事もございます。その場合は、とうじんで決めます」

「とうじん……唐土《もろこし》の博奕打ちでも呼ぶのか」

「いえ、その唐人《とうじん》じゃございません」

徳松は苦笑して、

「闘う刃《やいば》――闘刃《とうじん》でして」

つまり、対立するやくざの一家が、腕の立つ浪人を雇って、代理として闘わせるのであった。斬り合いで勝った方の浪人を雇った一家が、こちらの条件を相手に呑ませるというわけだ。

「……徳松」

「へい」

「俺が今、酒を飲んでいて、良かったなあ」

「はあ……」

よくわからない——という顔をする、徳松だ。

一郎太は、底光りのする眼を相手に向けて、

「人を斬るのは素面《しらふ》の時だけにしてるんだよ、俺は」

「ひっ」

飛蝗《ばった》のように後ろに跳び退《さ》がった徳松は、あわてて畳に両手をついて、

「お気に障りましたら、何とぞ、ご勘弁を……」

「闘犬と韻《いん》を踏んで、闘刃か……ふん、江戸のやくざは陰険だな」

そう言って、一郎太は猪口の酒を、喉の奥へ放りこむ。

「ですが、先生」

徳松は恐る恐る言った。

「喧嘩の助っ人も闘刃も、似たようなもんだと思いますが……」

「喧嘩は俺だけじゃなくて、双方の親分も乾分《こぶん》も命賭けで長脇差や竹槍を振るう。だが、闘刃とかは、俺と相手が殺し合うのを双方が高みの見物するわけだろう。やくざのくせに、その根性がさもしいと言ってるんだ」

「しかし……闘刃に勝った先生には、三十両という大金をお支払いするわけで」

「負けた方の礼金は幾らだ、五両か。まさか三両じゃあるまいな」

「いえ」徳松は目を伏せて、

「うちと相手が十五両ずつ出して……勝った方が三十両の総取りです」

「じゃあ、負けた方は礼金無しかっ」

怒るというよりも、呆《あき》れる一郎太であった。

「みみっちい奴らだな。お前ら、股倉《またぐら》にちゃんと玉がぶら下がってるのか。一度、確かめてみたほうがいいぞ」

「へい……」

やりこめられて、徳松は、身の置きどころがないという風情《ふぜい》である。

しばらくの間、一郎太は手酌で飲んでいたが、

「闘刃を引き受けてもいいが——一つだけ条件がある」

「先生、引き受けていただけるんでっ」

徳松は喜色満面になった。

「で、条件というのは？　金額のことでしたら…」

「勝負は木刀で行う」

「木刀ですか……しかし、男の勝負に棒っきれというのは……」

「他人任せのくせに、男の勝負も何もあるか」

一郎太は辛辣《しんらつ》に言って、

「木刀でも当たりどころが悪くければ、命を落とす。命を落とさぬまでも、腕や足が使えなくなることもある。それで充分だろう」

「はあ……」

まだ不満そうな徳松を、一郎太は、じろりと睨む。

「なんなら、お前の頭を木刀で一撃してやろうか」

「わかった、わかりました。木刀で結構です」

徳松は、宥《なだ》めるように両手を振って、

「ただし、真剣でなければ、礼金は下がると思いますが……」

「俺の方は、それでいい」

「では、早速、向こうと話し合ってみます。向こうの先生の都合もあるでしょうし」

徳松は立ち上がって、廊下の襖《ふすま》を開く。

「じゃあ、先生。ここで、ゆっくりしていてください。お代の方は、ご心配なく――」

あわただしく、階下へ去る徳松であった。

「闘犬ならぬ闘刃……やれやれ、大門一郎太も落ちるところまで落ちたな」

一郎太は溜息《ためいき》をつくと、煮魚に箸を伸ばした。

三

西の空に、陽は傾いている。あと半刻《はんとき》ほどで、陽は沈むだろう。

牛込門外の神楽坂に面して、穴《あな》八幡旅所がある。その旅所の裏手に、二百坪ほどの空地があった。

大門一郎太は今、その空地で、四十近い浪人者と向かい合っていた。

蕎麦屋《そばや》の二階で転《うた》た寝《ね》していた一郎太は、徳松の使いの男から伝言《ことづて》を聞いて、この場所へやって来たのだ。

少し離れた場所に、山源一家の親分である銀蔵《ぎんぞう》と三人の乾分《こぶん》たちがいる。色男の徳松の姿はない。

一郎太を挟んで反対側には、根津の天神一家の親分である四郎兵衛《しろべえ》がいて、乾分を三人連れていた。この天神一家が、山源の揉め事の相手である。

「俺は大門一刀流の開祖、大門一郎太だ」

一郎太が名乗ると、総髪の浪人者は微笑して、

「あまり聞かぬ流派だな」

「数年後には、天下に鳴り響くさ」

「面白い。わしは、橘《たちばな》流の日下部章介《くさかべしょうすけ》という」

互いの名乗りが済むと、山源一家の乾分が、五本の木刀を持ってきた。

一郎太と日下部は、その木刀を右手で素振りしてみて、使いやすいものを選ぶ。

「じゃあ、先生方」

でっぷりと肥えた四郎兵衛が言った。

「木刀の勝負で、礼金は勝った方に十両――よろしゅうござんすね」

「うむ」

「承知した」

二人は頷いた。

「では――闘刃勝負っ」

坊主頭の銀蔵が叫んだ。

一郎太と日下部は、ぱっと離れて間合をとる。

二人とも、木刀を正眼に構えた。

（ふうむ……）

一郎太は、相手の力量を値踏みする。

人を斬った経験があることは、雰囲気でわかった。一郎太自身も、やむを得ぬ状況で何人か斬っている。

（弱くはない……が、俺の方が少し上かな）

しかし、剣の勝負で実力伯仲と思える時は、実は相手の方が一枚上――というのが常識だから、格下に見えても油断はできない。

一郎太は、一歩前に出た。すかさず、日下部も一歩前に出る。

これで、少なくとも気魄《きはく》は同等だとわかった。

「………」

一郎太は、静かに右脇構えになる。

「………」

相手は、下段に転じた。

山源一家の連中も天神一家の連中も、息を呑んで成行を見守っている。

どこかで、鴉《からす》が寂しそうに鳴いた。

それが合図であったかのように、日下部が瞬時に間合を詰めて来た。

姿勢を低くして、掬《すく》い上げるように、木刀を鋭く斜めに振るう。並の兵法者《ひょうほうしゃ》なら右の脇腹を打たれて、血を吐いていただろう。

が、一郎太は、相手の木刀を右から払った。

そして、くるりと木刀をまわすと、日下部の左肩に振り下ろす。

しかし、日下部は軀《からだ》を開いて、その一撃をかわした。

そして、木刀を片手薙《な》ぎして一郎太を牽制しながら、さっと退《さ》がる。

「――強いな、一刀流」

日下部章介が、両眼を光らせて言う。

「そちらも、な」

お世辞ではなく、一郎太の本心であった。

木刀の勝負では、二人はほぼ同格と見ていいだろう。

一郎太は、構えを正眼に戻した。日下部も正眼にとる。

今度は、一郎太が、ぱっと飛び出した。

連続して、突きを繰り出す。その突きを、日下部は巧みに木刀で捌《さば》いた。

次の瞬間、一郎太は木刀を振りかぶり、相手の頭上に振り下ろした。

日下部は、とっさに木刀を横一文字にして掲げる。

一郎太の木刀を、日下部の横一文字の木刀が受け止めた――ように見えた。

が、日下部の木刀は二つに折れてしまう。

そして、一郎太の木刀は、相手の額《ひたい》の半寸――一・五センチほど手前で、ぴたりと制止した。

一呼吸置いてから、一郎太は木刀を引いて、後ろに退がった。

凍りついたようになっていた日下部も、折れた木刀を手にしたまま、後ろへ退がる。

一郎太は、山源一家の銀蔵の方を見て、

「見ての通りだ――勝負はついたよ」

「し、しかし、先生……」

銀蔵は不満そうに、口を尖らせる。

「勝負は、最後までやりあって貰わねえと」

「日下部さんの木刀が折れたのだから、これで終わりだろう」

「でも……」

まだ銀蔵が不平を言おうとした時、山源の乾分らしい男が空地に飛びこんで来た。

「お、親分、大変だっ」

「馬鹿野郎。今は闘刃の真っ最中なのが、わからねえのか」

「いえ、それが……徳松兄ィが逃げました。有り金残らず、持ち逃げして」

「何だとっ」

銀蔵も、乾分たちも仰天する。さすがに、一郎太も驚いた。

「だが、手文庫《てぶんこ》はお峰《みね》が守ってたはずだが」

「だから、そのお峰姐御《あねご》も兄ィと一緒に逃げたんです。駆け落ちですっ」

「え……」

愕然《ぶぜん》とする銀蔵に、天神一家の四郎兵衛が、

「山源の――どうやら、日を変えて話をつけた方が良さそうだな」

「うむ……そうして貰おうか」

銀蔵が頷くと、一郎太が脇から、

「では、約束の礼金を貰おう」

「しかしねえ、先生…」

「いい加減にしろ」と一郎太。

「これ以上愚図愚図《ぐずぐず》言うなら、今度は俺の真剣捌《さば》きを見せてやるぞ」

「わかった、わかりましたよ」

銀蔵は渋々、懐《ふところ》から紙包みを取り出した。

四

「――俺に、何か用かね」

右隣に肩を並べた日下部章介を見て、神楽坂を下りながら一郎太が言う。

「ちょっと貴公《きこう》に話がある」

「どんな話だ」

「歩きながらでは出来ない話だ」

「ふうむ……」

目の前に〈赤天狗《あかてんぐ》〉という居酒屋があったので、二人は、そこへ入った。

隅の卓に座って、酒と肴《さかな》を頼む。

「で、話とは」

「実は、もう一度、わしと勝負して貰いたいのだ」

飲みながら、日下部が言った。

「もう、勝負はついたはずだが」

「木刀の勝負は、な」と日下部。

「だが、真剣の勝負は、また別物だ。貴公も、そう思っているはず」

「……」

図星だったので、一郎太は黙りこんだ。

「貴公には、先ほど受け取った十両を賭けて貰いたい」

「あんたも十両賭けて、勝った方が総取りか」

「残念だが、今のわしには十両とまとまった金はないな」

「何だと」

「だから、十両の代わりに道場を賭ける。四谷にある橘流日下部道場を、な」

「あんた、道場主だったのか」

一郎太は、まじまじと日下部を見つめた。

「それにしては、やくざの闘刃を引き受けるとは」

「近頃、手元不如意《てもとふにょい》でな……どうだ、貴公が勝てば道場が手に入る。悪い話ではなかろう」

「しかし、いきなり道場主が変わったら、門弟がびっくりするだろう」

「まだ門弟が残っているなら、こんな勝負は挑まぬよ」

日下部は、自嘲《じちょう》の笑みを浮かべた。

「どうだ。大門流の道場を開く好機だが」

「――――」

一郎太は少し考えてから、懐《ふところ》に手を入れると、紙包みの小判から一枚を取り出した。

それを、日下部の前に置く。

「これは本日の対戦料だ。ここの払いも頼むぞ」

そう言い捨てて、一郎太は、居酒屋を出た。

日下部が背後で何か言ったが、一郎太は聞こうともしなかった。

五

外は暗くなりかけていた。外濠沿いの道を、一郎太が船河原橋《ふながわらばし》の方へ歩いていると、

「あの――」

遠慮がちに、声をかけて来た女がある。

二十七、八か。丸髷《まるまげ》で、少し窶《やつ》れているが美しい顔立ちをしていた。

「何かね」

「わたくしを……買《こ》うてくださいませぬか」

女は目を伏せて、囁《ささや》くような声で言った。

「そなた、夜鷹《よたか》には見えぬが」

少し驚いて、一郎太は言う。

「お羞《はず》かしゅうございます」

女は項垂《うなだ》れる。言葉遣いからしても、武家の女らしい。

「で、そなたの家へ行くのか」

「いえ、そこに――」

指さす方を見ると、出合茶屋らしい料理屋がある。

興味をひかれて、一郎太は女を連れて、出合茶屋へ入った。奥の座敷へ通されると、注文もしないうちに酒肴《しゅこう》が運ばれて来た。

「大門様は、江戸の御方《おかた》ではありませんね」

紀和《きわ》と名乗った女は、酌をしながら訊く。

「うむ。俺は生まれながらに浪人で、父は西国の大名に仕《つか》えていたらしいが、詳しいことは教えてくれなかった。読み書きと剣術は教えてくれたがな」

「お母上は」

「さあ、生きているやら死んでいるやら……俺が九つの時だったか、沼津宿でいなくなった。若い薬売りと駆け落ちしたらしい」

「これは、不躾《ぶしつけ》なことを」

「いや、いいんだ」

一郎太は明るく言った。

「まだ若さが残っていた母上は、何の希望もない貧乏な旅暮らしに、嫌気がさしたんだろう。俺は母がいなくて泣く年齢《とし》ではなかったが、いなくても大丈夫な年齢でもなかったな」

「……」

「だが、父上がひどく落ちこんでいたので、逆に、自分がしっかりしなければと思った……その時かな、父上を喜ばすために、剣の一派を立てて道場主になるという夢が出来たのは」

その父親も、三年前の冬に酒毒のために死んだ。

「さっき、自分の道場を賭けて勝負をしよう――と持ちかけられたが、断ったよ」

「……相手が強そうだからですか」

「まあ、強い。強いが……勝負すれば、たぶん俺が勝つだろう。だが、道場を失った相手が宿無しになることを考えると、あまり気分がよくないからな」

「大門様っ」

紀和が、しがみついて来た。何かに駆り立てられるように、一郎太の口を吸う。

その甘い肌の匂いに、一郎太も血が騒ぎ出した。紀和を押し倒して、濃厚な接吻《せっぷん》を続けながら、裾前《すそまえ》を開く。

柔らかな恥毛に縁《ふちど》取られた紀和の秘裂が、剝《む》き出しになった。蹴飛ばすように袴《はかま》を脱ぐと、一郎太は下帯も解く。隆々と屹立《きつりつ》した男根で、鮮紅色の熟れた花園を貫いた。

「あ、ああ……アァっ」

逞《たくま》しすぎる剛根に奥の院まで貫かれて、紀和は悲鳴を上げた。一郎太が激しく腰を使うと、結合部から透明な蜜を溢れさせて喘《あえ》ぐ。

「大門様……」喘ぎながら、紀和は言った。

「一郎太様、勝負してください……日下部章介と」

「何っ」

驚いて、一郎太は腰の動きを止めた。

「もしや、そなたは日下部殿の……」

「妻でございます」

――橘流日下部道場は数年前までは栄えていたが、道場主の日下部章介が遊びの味を覚えて行状が乱れると、門弟たちは愛想をつかしていなくなった。それで日下部は、やくざの闘刃を引き受けるほどに落ちぶれたのである。兵法者《ひょうほうしゃ》の魂を捨ててしまったのだ。

「もはや道場は荒れ放題で、再建の望みはありません。真剣勝負で、夫の左腕を肘《ひじ》から斬り落としてくださいまし」

「腕を……」

「肘ならば、腕の付け根が血止めが出来ると聞きました。そうなれば、夫も剣を捨てられるでしょう。その後は、わたくしが仲居勤めでも何でもして、夫の面倒を見る覚悟でございます」

「ふうむ……」

すぐには返事しかねる一郎太であった。

「でも、今は……」

羞かしそうに、紀和は言った。

「わたくしを、もっと可愛がってくださいまし」

「よかろう」

一郎太は、紀和の襟元《えりもと》を開いて、意外に豊かな乳房を剥き出しにした。その蜜柑色《みかんいろ》の乳頭を咥《くわ》えて、腰の律動を再開する………。

六

夜更けであった。

四谷の日下部道場の中で、大門一郎太と日下部章介が立ち合っている。互いに真剣であった。正眼と正眼である。

紀和は、師範席の裏手にある着替え所に、控えていた。

「――――」

「――――」

一郎太も日下部も、両肩から激しい闘気を放っている。もしも小鳥が両者の間を飛び抜けようとしたら、その気に当て落とされるのではないか――と思われるほど、濃厚な闘気であった。

「えいっ」

「おうっ」

同時に気合を発して、二人は突進した。

刃《やいば》と刃が激突し、二人の位置が入れ替わる。

師範席に背を向けた一郎太は、背後に殺気を感じた。

さっと大刀を振るって牽制してから、肩越しに振り向くと、小柄《こづか》が飛んで来た。着替え所の紀和が、小柄を打ったのである。

一郎太は、大刀で払い落とす。そこへ、日下部が斬りこんで来た。

床の上を一回転して相手の刃をかわすと、片膝立ちになった一郎太は、日下部の左肘《ひだりひじ》を一撃する。峰打ちであった。

「わっ」

日下部は、大刀を取り落とした。肘関節を粉砕されたので、前膊部《ぜんはくぶ》がだらりと垂れ下がる。完治は不可能であろう。

「あなたっ」

着替え所から、紀和が飛び出して来た。激痛に蹲《うずくま》る日下部に覆いかぶさると、

「斬って下さい、わたくしたちをっ」

決然とした表情で叫んだ。

「………」

一郎太は、大刀を鞘《さや》に納めた。懐《ふところ》から紙包みを出して、紀和の前に放る。

「約束通り、この道場は貰う。その金は、骨接《ほねつ》ぎと路銀《ろぎん》の足しにしてくれ」

「大門様……」

「さあ、行ってくれ――俺は疲れた」

日下部章介と紀和が出ていくと、一郎太は、道場の真ん中に座りこむ。目まぐるしい一日であった。

「俺に夫の左腕を斬り落としてくれと頼みながら、夫を助けるために小柄を打つ――女というのは、何が何だか、わからんなあ」

そう言って、一郎太は溜息《ためいき》をつく。

（いや……少し格好をつけすぎたかな。闘刃の礼金を全部渡して、俺は無一文同然だ。祝酒を買うくらいしか残ってない）

真剣勝負で手に入れた道場というよりも、紀和の女体《にょたい》と引き替えに手に入れたような気がする。

「まあ、いい。明日、どこかで道場破りして、ここの修繕費を稼ごう。何しろ、大門一郎太様の城だからな」

大の字になって寝転んだ一郎太は、数刻後には、この道場を失う運命にあるとは知るよしもなかった。

あとがき

この作品は、学研M文庫で書下ろしたものに加筆修正して、書下ろしの番外篇『女体道場』を収録したものです。

この番外篇は、本編の前日譚――より正確に言えば、〈当日譚〉になっています。

本筋は古典的な宝探しですが、M文庫版のあとがきにも書きましたけど、私は岡本綺堂の『半七捕物帳』の一篇『正雪《しょうせつ》の絵馬《えま》』が大好きなので、これに近づけるように頑張りました。謎解きの趣向は、悪くなかったと思います。

ちなみに、『正雪の絵馬』は常軌を逸したコレクターが我が身を滅ぼしてしまう話で、江戸時代にもこういう趣味人がいたのかと思うと、実に感慨深いですね。

なお、コスミック文庫の『若殿はつらいよ』シリーズにも、由比正雪の隠し金を扱った巻がありますが、内容的には重複していません。

でも、考えてみたら、「あの人」が悪役なのも『若殿』と似てますね（笑）。主人公が脇差を持たずに大刀の一本差というのも、昔、見たか読んだかした作品の影響だと思いますが、ちょっと思い出せません。

年齢のせいではないと思いたいですが……。

なお、冒頭の「いきなり、美少女が主人公の上へ落ちて来る」というのは、一時期、漫画のラブコメで大流行したパターンです。宮崎駿監督がこれに激怒したそうです（笑）。

それと、この作品には〈隠し屋〉という特殊な稼業が登場しますが、これは、私のオリジナルです。

とはいえ、ヒントはありまして。タイトルも作者も失念しましたが、昭和三十年代の貸本屋向け時代小説（そういうものがあったのです）に、「江戸中の橋を裏から管理している逃がし屋」という驚くべき着想がありました。

いや、本当に良く考えついたなあ――と感心しつつ、「同趣向のものを」と知恵を絞って思いついたのが〈隠し屋〉です。

昔の貸本屋向けの作品の多くは文庫化もされず、現在では忘れ去られてしまった時代小説家や漫画家は大勢います。

その人たちの作品の中には、「これは」と今でも驚嘆するようなアイディアも数々あります。

娯楽作品を量産しながらも、読者を楽しませるために工夫をこらした先人の精神を、私も見習いたいと思っています。

さて、次は十二月に『若殿はつらいよ（十六）秘唇帖《ひしんちょう》異聞（仮）』が刊行の予定です。お楽しみに。

二〇二一年九月

鳴海　丈

参考資料

『徳川将軍家・御三家・御三卿のすべて』歴史読本編集部・編（新人物往来社）
『将軍の座／御三家の争い』林　董一（文藝春秋）
『徳川将軍列伝』北島正元・編（秋田書店）
『由比正雪』進士慶幹（吉川弘文館）
その他

コスミック・時代文庫

乱愛一刀流《らんあいいつとうりゅう》
艶殺 三万両伝奇

2022年10月25日　初版発行

【著 者】
鳴海《なるみ》　丈《たけし》

【発行者】
相澤　晃

【発 行】
株式会社コスミック出版
〒154-0002 東京都世田谷区下馬 6-15-4
代表　TEL.03(5432)7081
営業　TEL.03(5432)7084
FAX.03(5432)7088
編集　TEL.03(5432)7086
FAX.03(5432)7090

【ホームページ】
http://www.cosmicpub.com/

【振替口座】
00110-8-611382

【印刷／製本】
中央精版印刷株式会社

ISBN978-4-7747-6421-4 C0193

シリーズ第7弾
龍虎激突篇

シリーズ第8弾
家康公秘伝

シリーズ第9弾
邪神艶戯

シリーズ第10弾
魔剣 美女地獄

シリーズ第11弾
淫殺 逆葵《さかさあおい》凶獣団

シリーズ第12弾
三日月城の美女

シリーズ第13弾
柔肌秘宝

シリーズ第14弾
焔魔《えんま》艶情《えんじよう》

シリーズ第15弾
黄金の肌

絶賛発売中！

お問い合わせはコスミック出版販売部へ！
TEL 03(5432)7084
http://www.cosmicpub.com/

COSMIC
時代文庫
鳴海 丈 著
花のお江戸のでっかい奴
乱華篇 上巻
極楽篇 下巻
定価●本体630円+税
絶倫寛太の艶色江戸日記
この世の中は、デカい者が偉い!
絶賛発売中!
お問い合わせはコスミック出版販売部へ!
TEL 03(5432)7084